百花谭文丛

夜航船上

王稼句

天津出版传媒集团

百花文艺出版社

图书在版编目（ＣＩＰ）数据

夜航船上 / 王稼句著. -- 天津：百花文艺出版社，
2017.7
（百花谭文丛）
ISBN 978-7-5306-7262-4

Ⅰ.①夜… Ⅱ.①王… Ⅲ.①散文集–中国–当代
Ⅳ.①I267

中国版本图书馆 CIP 数据核字(2017)第 112995 号

选题策划：徐福伟　马　畅
责任编辑：徐福伟　马　畅　　**整体设计**：郭亚红

出版人：李勃洋
出版发行：百花文艺出版社
地址：天津市和平区西康路 35 号　　**邮编**：300051
电话传真：　+86-22-23332651（发行部）
　　　　　　　　+86-22-23332656（总编室）
　　　　　　　　+86-22-23332478（邮购部）
主页：http://www.baihuawenyi.com
印刷：天津金彩美术印刷有限公司
开本：787×1092 毫米　　1/32
字数：78 千字
印张：5.125
版次：2017 年 7 月第 1 版
印次：2017 年 7 月第 1 次印刷
定价：39.00 元

题记

  夜航船很早就有了，江浙一带特别多，陶九成《南村辍耕录》卷十一就说："凡篙师于城埠市镇人烟凑集去处，招聚客旅，装载夜行者，谓之夜航船。太平之时，在处有之，然古乐府有《夜航船曲》，皮日休诗有'明朝有物充君信，榼酒三瓶寄夜航'之句，则此名亦古矣。"张懿孙的一首《枫桥夜泊》，牙牙学语的孩儿都会背诵，那"夜半钟声到客船"的客船，在秋深霜重的夜半三更，渐渐靠近市镇的驳岸，不就是夜航船吗？

  这种船在内河航行，体量不大，舱中更是狭窄，乘客虽各占一席，但挨得很紧，往往左右两排，抵足而眠。唐长孺《夜航行》便咏道："仄仄仄仄秋夜航，吴音杂沓汗流浆。柂楼劣容六七辈，燃髻熏耳炊烟黄。袖衣失戒俄水入，神惊胆落成仓皇。羊肠虽隘无此险，尚有馀地停车箱。弥明鼾睡那办此,得跂男子应非常。鸡号四野曙光合,邻舟稍稍希灯光。浪游湖海别作计,驾舟万斛昇扶桑。"沈石田《客座新闻》更记一诗云:"两浙无车马,乘船便当街。浑身着木屐,未死入棺材。退壳钻篷出,撑梭下堰来。夜深相并处,尔篷我侬开。"只是乘坐夜航价钿便宜,既赶了路程,又省了旅栈支出,故客人还是很多的。特别是岁暮时节,远客还乡,船上更是挤匝了,袁春巢《吴郡岁华纪丽》卷十一就说:"吴中乡镇四布,往返郡城,商贩必觅航船以代步,日夜更番,迭相来往,夜航之设,固四时皆有之。惟是残冬将尽,岁事峥嵘,夜航之中,行人拥挤,长途灯火,肃肃宵征,瑟缩篷窗,劬劳堪悯。其中间有豪客诙谐,笑谈风发,或唱无字曲,歌呼呜呜,声闻远岸,其情景亦有可纪者焉。"

　　有钱人是不肯光顾夜航船的,受不了那嘈杂,那气味,那挤轧,那村言市词,更是不想掉了身价,船客大都是商贩、士子、工匠、僧道之流,拥杏一舱,旅途无聊,也就你言我语,唔唔嘈嘈,好像水上的茶馆一般。叶与中《水东日记》卷二说:"吴思庵先生谈及浅学后进曰:'此《韵府》《群玉》秀才,好趁航船尔。'航船,吴中所谓夜航船,接渡往来,船中群坐多人,偶语纷纷。盖言其破碎摘裂之学,祇足供谈笑也。"这几句话,启发张宗子编了一个故事,他在《夜航船序》里说,一僧人和一士子同宿船上,那士子高谈阔论,僧人听了有点畏慑,只好卷足而寝。听着听着,僧人觉得那士子说得有破绽,便问他"澹台灭明"是一个人还是两个人,士子回答是两个人;僧人又问他"尧舜"是一个人还是两个人,士子回答那当然是一个人。僧人听了,不由笑道:"这等说起来,且待小僧伸伸脚。"

苏东坡大概很少乘这样的夜航船,但也有过经验,《次韵答贾耘老》便云:"夜航争渡泥水涩,牵挽直欲来瓜州。"更多时候只是他一个人,或仅三二人同船,那就可以找本书读读,《仇池笔记》卷一说:"舟中读《文选》,恨其编次无法,去取失当。齐梁文字衰陋,萧统尤为卑弱,如李陵五言皆伪。今日观渊明集可喜者甚多,而独取数篇,渊明作《闲情赋》,所谓《国风》好色而不淫,正使不及《周南》,与屈原所陈何异,而统大讥之,此小儿强作解事也。"想到这里的时候,东坡大概颇为得意,不由得捋髯大笑起来。

这也可看出学问的两端,一是常识,掌握一点基本知识,实实在在地知道一点,虽然张宗子说:"天下学问,惟夜航船中最难对付。"但只要那僧人听了不伸脚,也就够了。另一就是精进,那就要耐得住寂寞,前人说出了两个境界,王彦猷《题许市施水坊》有云："夜航又逐东风去，重叹因人此滞留。"或有时会停留，有时会搁浅，有时甚至还会迷途，这并不要紧，只要船仍在前行，总会到达想到的地方。觉范和尚《次韵睿廓然送僧还东吴》诗云："遥想夜航无管束，棹歌应载月明归。"这时你就会感到欣然，感到宽慰，感到所经受的寂寞中，也曾有许多快乐，东坡爽朗的笑声，也就是这样来的。

二〇一六年九月十八日

目　录

蟋蟀谱

　　舍间有一部王世襄先生纂辑的《蟋蟀谱集成》，上海文化出版社一九九三年八月刊行，精装一厚册，除卷首放了一些彩色图片外，正文全都影印，这正合我意，如果是排印本，即使有几处鲁鱼亥豕，心里也会很不舒服的。这书不但影印，并且印得清楚明晰，不像最近缩小影印的《文渊阁四库全书》或《列朝诗集》那样，几乎要借助放大镜了。当然，这是题外的话。

　　在京城老人中，晚年以文化成就得享盛名的很有几位，张中行和王世襄大概最为突出。张先生以回忆往事故人入手，且有一副耐人寻味的笔墨，故而"负暄"之谈，令人爱读。王先生则有点不同，他是大"玩家"，不但玩得好、玩得精，并且研究玩。他既玩又做研究的，类如家具、竹器、漆器、木雕、葫芦、鸽哨等器物，类如秋虫、鸽子、金鱼等小小宠物，对于实际生活来说，有的尚有实用意义，大多则一无用处，属于闲者的雅玩，也就是文震亨拿来写书的"长物"。其实，这些"长物"正是传统文化的载体，具体而微地保留着古人生活情趣、审美意识、技术水平等诸多方面的深刻痕迹，可以折射出那个时代的光影。因为它本来就是边缘学问，自古以来，关心的人不多，著作也不多，晚近以来，更几乎成为绝学。这并没有什么奇怪，文化的一脉远水，只有流到今天，才能够被认识，去承认它的价值，去发掘它丰富而深厚的意义。如果要追求民族文化的广度和深度，不研究这些充满民间趣味的百工器物，乃至草木虫鱼，不能不说是残缺的、不全面的。如蟋蟀，仅是小小秋虫而已，但它蕴含着有关民俗学、社会学、心理学、经济学、昆虫学等多方面的内容，在这个意义上，它便不仅仅是小小的秋虫了。王先生的研究，从趣味入眼，从广博入手，经数十年的钻研、探索，才得以完成一本两本著作，显示了他对于民族文化的执着精神。他所做的事，有的是承先启后，嘉惠来者；有的则是筚路蓝缕，以启山林。近年来，王先生印出几十种著作，正如启功先生说的，"一本本、一页页、一行行，无一不是中华民族文化的注脚"。这部《蟋蟀谱集成》虽是文献的纂辑，但也是一种研究的方法，如今已经很少有人肯去做这种拾残集丛的事了。

小小蟋蟀，大约在唐代中叶才成为人们的玩物。王仁裕《开元天宝遗事》卷二说："每至秋时，宫中妃姜辈皆以小金笼捉蟋蟀，闭于笼中，置之枕函畔，夜听其声。庶民之家皆效之也。"这是捉养蟋蟀的最早记载。顾文荐《负暄杂录》则说："斗蛩亦始于天宝间，长安富人镂象牙为笼而畜之，以万金之资付之一啄，其来远矣。"但蟋蟀作为赌斗之虫，唐代似乎并不流行，至多属于萌芽阶段。蟋蟀赌斗至宋代开始兴盛，时人作辞赋以描述，俞允文在《蟋蟀赋序》中说："蟋蟀，秋虫也，猛性嗜斗，志在必胜。其鸣声又特悲壮，庶几感灵激神，固虫豸之可畏。"高承埏《蟋蟀赋》更将捉、斗、赌、观的诸般情景做了形象描绘。在赌斗蟋蟀人中，最有名的就是"湖上平章"贾似道，《宋史·贾似道传》记道："时襄阳围已急，似道日坐葛岭，起楼阁亭榭，取宫人娟尼有美色者为妾，日淫乐其中。惟故博徒日至纵博，人无敢窥其第者。其妾有兄来，立府门，若将入者，似道见之，缚投火中。尝与群妾踞地斗蟋蟀，所狎客人，戏之曰：'此军国重事邪？'"至明代中期，赌斗蟋蟀的风气弥漫，宣宗朱瞻基更沉湎于此，沈德符《万历野获编》卷二十四记道："我朝宣宗最娴此戏，曾密诏苏州知府况锺进千个，一时语云：

'促织瞿瞿叫，宣德皇帝要。'此语至今犹传。苏州卫中武弁，闻尚有捕蟋蟀比首房功，得世职者。今宣德蟋蟀盆甚珍重，其价不减宣和盆也。近日吴越浪子有酷好此戏，每赌胜负辄数百金，至有破家者，亦贾之流毒也。"蒲松龄《聊斋志异》有一篇《促织》，就写宣德年间因宫中之好而荼毒百姓的悲惨故事。清兵入关，南明小朝廷虽苟安一隅，岌岌可危，然赌斗蟋蟀之风仍不稍衰，王应奎《柳南续笔》卷一说："马士英在弘光朝，为人极似贾秋壑，其声色货利无一不同，羽书仓皇，犹以斗蟋蟀为戏，一时目为'蟋蟀相公'。迫大清兵已临江，而宫中犹需房中药，命乞子捕虾蟆以供，而灯笼大书曰'奉旨捕蟾'。嗟乎，君为虾蟆天子，臣为蟋蟀相公，欲不亡得乎。"明亡以后，这种荒业废事耗财之戏又随之入清，终为法律禁止，《大清律例》有条例规定："凡开鹌鹑圈、斗鸡坑、蟋蟀盆并赌斗者，照开场赌博枷责例治罪。"即"俱枷号二个月，杖一百"。但如何真能令行禁止，光绪间发行的《点石斋画报》上，就有多条新闻与赌斗蟋蟀有关。

赌斗蟋蟀的风气既如此炽盛，就会有人去研究蟋蟀，蟋蟀谱的刊刻也就在情理之中。今存最早的蟋蟀谱，便是置于卷首的《重刊订正秋虫谱》两卷，嘉靖丙午刊本，今藏宁波天一阁。既云"重刊订正"，当由旧谱增益而成，但旧谱已无可寻觅。作者署"宋平章贾秋壑辑，居士王淇竹校"，贾似道以斗虫误国，被推为斗虫的鼻祖，但未必纂辑此书，故疑出自书坊的伪托。万历刊本的《鼎新图像虫经》两卷，亦署"宋平章贾秋壑辑，明居士王淇竹校"，刊印晚于《秋虫谱》数十年，内容在《秋虫谱》的基础上有所增辑，卷首有版画十三幅，描绘了泥盆、关笼、筒罩、比匣、蓑筒等用具，在明清所刊蟋蟀谱中未见更有插图的。万历间所刊《夷门广牍》本《促织经》两卷，署"宋秋壑贾似道编辑，明梅颠周履靖续增"，由"梅颠"可知成书已在周履靖晚年，当在《虫经》之后。比较以上三种，可知养虫经验或歌诀，在养虫家中流传，或口授，或笔录，时有出入，同时又不断承袭增益，由少而多。至于袁宏道《促织志》，除叙虫之外，尤以描绘捉虫者形色，惟妙惟肖，大有情趣，凡有如此经历者，必定首肯称是，继而哑然一笑。刘侗《促织志》辑自《帝京景物略》卷三《胡家村》，所记暖坑种虫之法，为如今所知最早关于孵育鸣虫的记载，可见北京冬月养鸣虫作为娱乐的民间习俗，明代已经流行，并且有人以育虫为业。入清以后，关于蟋蟀的谱录类著作更其多矣。如梦桂《蟋蟀谱》一卷，较早归结北方蟋蟀体系，文字多出己手，并非因袭旧谱而来。

再如朱从延《蚟孙鉴》三卷,有专门关于运蓛的内容,论方法,记名家,足见对掌蓛的重视;《苏杭斗彩局规》则记录了乾隆前的赛场惯例,不失为蟋蟀史的重要史料。这部《蟋蟀谱集成》共纂辑十七种,每种之前有提要一篇,简要介绍了作者、版本及其内容。

值得一提的是,王世襄先生将自作《秋虫六忆》作为附录,印在书末。他回忆自己玩蛐蛐的经历,忆捉,忆买,忆养,忆斗,忆器,忆友,反映了二十世纪三十年代北京的风俗民情,情文俱至,乃是我近年读到的一篇好文章。

补记一

此文写了,夜色已深,倚枕读蒋一葵《长安客话》,不期又见蟋蟀。蒋一葵字仲舒,号石原,明南直隶武进人,万历二十二年举人,授灵川知县,官至南京刑部主事。一度曾任京师西城指挥使,故此书署"西城吏隐晋陵蒋一葵"。其婿张三光《蒋石原先生传》有曰:"先生遐搜广讨,童好老笃,有疑必识,是处咨询,车辙所到,必从耆老访古迹遗文,得即贮之奚囊。"寓京期间,他到处访古问俗,且于稗官野史中搜罗北京风土史料,遂成此书。明人专记北京之地方文献，今存者寥寥，此书即其中之一，问世后即被传抄，如万历间姚士粦编《日畿访胜录》，即抄撮此书及孙国敉《燕都游览志》而成。孙著姚编都已湮没，唯此书尚在。兹将卷二"皇都杂记"中之"斗促织"条抄录于下，或可作《蟋蟀谱集成》的小小补录。

"京师人至七八月，家家皆养促织。余至郊野，见健夫小儿群聚草间，侧耳往来，面貌兀兀，若有所失者。至于溷厕污垣之中，一闻其声，涌身疾趋，如馋猫见鼠。瓦盆泥罐，遍市井皆是，不论老幼男女，皆引斗以为乐。又有一种似蚱蜢而身肥大，京师人谓之聒聒，亦捕养之，南人谓之纺织娘，食丝瓜花及瓜瓤，音声与促织相似而清越过之。又一种亦微类促织，而韵致悠扬，如金玉中出，温和亮彻，令人气平，京师人谓之金钟儿，见暗则鸣，遇明则止。两种皆不能斗，故未若促织之盛。有《观斗蟋蟀》诗，失其名：'蟋蟀著幽风，泉壤乃食息。迎阴已振羽，欲鸣先鼓翼。薜墙催络纬，床下入促织。气候感化机，吟秋式其职。于世无所争，岂有刚膂力。都忘一点形，自负万夫特。见敌竖两股，怒须如卓棘。昂藏忿塞胸，膨脝气填臆。将搏气蹲踞，思奋却匍匐。盘珊勇回旋，唐突势凌逼。唊噬屡吐吞，榰斗几翻覆。既却还复前，已困未甘踣。雄心期决胜，壮志必在克。依希触与蛮,蜗角并开国。干戈日相寻,拓地互逐北。螳臂当辙横,怒蛙致凭轼。亦似蜉蝣生,驹隙竞矢得。智哉刘伯伦,韬精比鸡肋。知雄守其雌,老聃亦渊识。一笑披陈编,冥洞古颜色。'"

《古今图书集成·博物汇编·禽虫典》之"蟋蟀部"艺文引录此诗,唯不是全篇,缺失颇多,作者则明确署作顿锐。顿锐字叔养,号鸥汀,明北直隶涿州人,正德六年进士,由知县官至代府右长史,著有《鸥汀长古集》《渔啸集》《顿诗》等。

补记二

寒冬将至,夜来寂寂,以杂书遣怀。

谢肇淛《五杂组》卷九有记赌斗蟋蟀,曰:"三吴有斗促织之戏,然极无谓。斗之有场,盛之有器,必大小相配,两家审视数四,然后登场决赌,左右袒者各从其耦。其赌在高架之上,只为首二人得见胜负,其为耦者仰望而已,未得一寓目,而输直至于千百不悔,甚可笑也。"又曰:"促织与蜈蚣共穴者,必健而善斗,吴中人多能辨之。小说载张廷芳者,以斗促织破其家,哭祷于玄坛神,梦神遣黑虎助之,遂获一黑促织，所向无前，旬日之间，所得倍其所失。此虽小事，亦可笑也。"张廷芳之事，颇为荒诞，陆粲记之甚详，《庚巳编》卷四曰："吴俗喜斗蟋蟀，多以决赌财物。予里人张廷芳者好此戏，为之辄败，至鬻家具以偿焉。岁岁复然，遂荡其产。素敬事玄坛神，乃以诚祷，诉其困苦。夜梦神曰：'尔勿忧，吾遣黑虎助尔，今化身在天妃宫东南角树下，汝往取之。'张往，掘土获一蟋蟀，深黑色而甚大。用以斗，无弗胜者，旬日间获利如所丧者加倍。至冬，促织死，张痛哭，以银作棺葬之。"同书卷八又记一事曰："相城刘浩性好斗促织，尝侵晨出楼门，见水滨一大蜂，以身就泥中展转数四，起集败荷叶上，心怪之。还过其地，见蜂犹在，身已化为促织，头足犹蜂也。持归养之，经日脱去泥壳，则纯变矣。健而善斗，所当无不胜者。物类之相感化固然。"上述都是明代苏州传说故事，从中可见赌斗蟋蟀风气的炽盛，痴迷于此者，自然会怪力乱神起来。

顾禄《清嘉录》卷八"秋兴"条，记清代苏州赌斗蟋蟀风俗，曰："白露前后，驯养蟋蟀，以为赌斗之乐，谓之秋兴，俗名'斗赚绩'，提笼相望，结队成群。呼其虫为将军，以头大足长为贵，青、黄、红、黑、白，正色为优，大小相若，铢两适均，然后开栅。斗时，有执草引敌者，曰敌草。两造认色，或红或绿，曰标头。台下观者，即以台上之胜负为输赢，谓之贴标。斗分筹马，谓之花。花，假名也，以制钱一百二十文为一花，一花至百花、千花不等，凭两家议定，胜者得彩，不胜者输金，无词费也。案陆玑《诗草木虫鱼疏》：'蟋蟀似蝗而小，正黑，目有光泽如漆，有角翅，善斗。'幽州人谓之趣织，督促之言也；吾乡谓之赚绩，其义本通。陆佃《埤雅》：'蟋蟀善跳，其鸣在股。吴人取其雄而矫健者，驯养以斗。'贾秋壑《促织经》：'虫之色，白不如黑，黑不如赤，赤不如青。'又，陆丹宸《小知录》云：'有红铃、月额诸名，吴人养之，以仰头、卷须、练牙、踢腿为四病。'《吴县志》：'出横塘、楞伽山诸村者健斗。明宣德中，有朱镇抚者，进此得宠，遂加秩。'《厉樊榭集》注：'远客泊舟来斗蟋蟀，俗称客虫。'先希冯公《玉篇》云：'同菣，牵去声。'《尔雅·释草》：'蔚，牡菣。'注：'蔚，即蒿之雄无子者。'家景星作《斗蟋蟀记》有云：'菣，一茎六穗或三穗，对节生，取茎长五寸馀，披其首如氅，蒸熟用之，以便驱拨。'又云：'江北呼为寋寋，江南呼为赚绩。白露后开斗，重阳后止斗。'"

又，袁学澜《吴郡岁华纪丽》卷八"秋兴斗蟋蟀"条曰："白露前后，驯养蟋蟀，以为赌斗之乐，谓之秋兴。秋七八月，吴城内外，闲游人提竹筒、过笼、铜丝罩，诣田野丛草处，缺墙颓屋间，砖甓土石堆叠中，侧听徐行，若有遗亡。迹声所缪发而察其穴，操以尖草，灌以筒水，跃斯出，视其跃，逐且捕之。色辨、形辨之，辨审养之。得其性若气试之，试而才，然后蓄其锐以待斗。养有饲焉，有浴焉，有疾用医焉，人子之事其亲，无是周也，如是促织之性良气全矣。贮以瓦盆，养以粟粒。设场聚斗，名曰开栅，呼其虫为将军。斗时相配两虫，身等色等，纳虫比笼，铢两适匀，然后入笼起闸。执草引敌者，曰敌草。两造认色，或红或绿，曰标头。台上下分曹赌胜负为输赢，谓之贴标。斗分筹马，以钱一百二十文为一花，豪者花数以千百计，不惜也。虫胜主胜，虫负主负，胜者翘然长鸣，以报其主。然必无负而伪鸣，与未斗而已负走者，虫之信，虫之忠也。虫有斗口者，勇也；斗间者，智也。斗间者俄而斗口，敌虫弱也；斗口者俄而斗间，敌虫强也。促织感秋而生，其音商，其性胜，秋尽则尽。其斗也，贵游旷厥事，豪右销其资，士荒其业，下至闾巷小儿，闺房娇姹，亦复斗嬉未休。嘻，其甚矣。"

咏蟋蟀者，名作甚多，如姜夔有《齐天乐》一阕，小序曰："丙辰岁，与张功父会饮张达可之堂，闻屋壁间蟋蟀有声，功父约予同赋，以授歌者。功父先成，辞甚美。予徘徊茉莉花间，仰见秋月，顿起幽思，寻亦得此。蟋蟀，中都呼为促织，善斗，好事者或以三二十万钱致一枚，镂象齿为楼观以贮之。"词曰："庾郎先自吟愁赋。凄凄更闻私语。露湿铜铺，苔侵石井，都是曾听伊处。哀音似诉，正思妇无眠，起寻机杼。曲曲屏山，夜凉独自甚情绪。西窗又吹暗雨。为谁频断续，相和砧杵。候馆迎秋，离宫吊月，别有伤心无数。豳诗漫与，笑篱落呼灯，世间儿女。写入琴丝，一声声更苦。"其刻画甚工，蟋蟀无可言，而言听蟋蟀者，正如姚铉所谓赋水不当仅言水，而言水之前后左右也。张镃先成《满庭芳》一阕，词曰："月洗高梧，露漙幽草，宝钗楼外秋深。土花沿翠，萤火坠墙阴。静听寒声断续，微韵转、凄咽悲沈。争求侣，殷勤劝织，促破晓机心。儿时，曾记得，呼灯灌穴，敛步随音。任满身花影，犹自追寻。携向华堂戏斗，亭台小、笼巧妆金。今休说，从渠床下，凉夜孤吟。"不唯曼声胜其高调，兼形容处心细如丝，皆姜词之所未发。

　　更有相传以蟋蟀诗而成一段姻缘者，陈世宗《随隐漫录》卷五曰："陆放翁宿驿中，见题壁云：'玉阶蟋蟀闹清夜，金井梧桐辞故枝。一枕凄凉眠不得，呼灯起作感秋诗。'放翁询之，驿卒女也，遂纳为妾。方馀半载，夫人逐之。"这个故事深入人心，《蜀中广记》《宋诗纪事》《历代诗馀》《词苑丛谈》等都照此移录，诸家选本皆有，作者署"陆游妾"或

"陆放翁妾某氏"。结果还是给王士禛看出了破绽,这原是陆游七律《感秋》的下半首,改易数字而已。《池北偶谈》卷十三曰:"按《剑南集》,此诗乃放翁在蜀时所作,前四句云:'西风繁杵捣征衣,客子关情正此时。万事从初聊复尔,百年强半欲何之。'玉阶作画堂,闹作怨,后人稍窜易数字,辄傅会,或收入闺秀诗,可笑也。"此事固然可笑,但要领略蟋蟀的秋韵,总在这下半首的四句里。

叶子

今有小雨，蒙蒙然，似有似无，正是冬天的雨。这样的时候，会让人记起白乐天的名句来，"晚来天欲雪，能饮一杯无"。然而夜来并无小酒品酌，只找出几种前人的酒牌子书，随便读将起来，虽然无酒，却实在有点醺然了。

酒牌子又称叶子，唐代就已有了，刘禹锡等《春池泛舟联句》便有"杯停新令举，诗动彩笺忙"之咏，这"彩笺"就是叶子，在上面书以令辞，于宴中行令。关于它的滥觞，欧阳修《归田录》卷二说："叶子格者，自唐中世以后有之。说者云，因人有姓叶号叶子青者（一作清或作晋）撰此格，因以为名。此说非也。唐人藏书，皆作卷轴，其后有叶子，其制似今策子。凡文字有备检用者，卷轴难数卷舒，故以叶子写之，如吴彩鸾《唐韵》、李邰《彩选》之类是也。骰子格，本备检用，故亦以叶子写之，因以为名尔。唐世士人宴聚，盛行叶子格,五代、国初犹然,后渐废不传。今其格,世或有之,而无人知者,惟昔杨大年好之。仲待制简,大年门下客也,故亦能之。大年又取叶子彩(一作歌)名红鹤、皂鹤者,别演为鹤格。郑宣徽戬、章郇公得象皆大年门下客也,故皆能之。余少时亦有此二格,后失其本,今绝无知者。"可见叶子最早与书籍有关。

至宋代,有所谓纸帖子,也就是酒令叶子,赵与时《宾退录》卷四说:"古灵陈述古亦尝作酒令,每用纸帖子,其一书司举,其二书秘阁,其三书隐君子,其馀书士。令在座默探之,得司举,则司贡举;得秘阁,则助司举搜寻隐君子进于朝,搜不得则司举并秘阁自受罚酒。后复增置新格,聘使、馆主各一员,若搜出隐君子,则此二人伴饮。二人直候隐君子出,即时自陈,不待寻问。隐君子未出之前,即不得先言。违此二条,各倍罚酒。"当时叶子很是流行,王辟之《渑水燕谈录》卷九就说:"叶子,言'二十世李'也,当时士大夫宴集皆为之。"如李如圭编制的《汉法酒》,按汉制设丞相、御史大夫、列卿、京兆尹、丞相司直、司隶校尉、侍中、中书令、酒泉太守、协律都尉十官,每官一帖,以行酒令。赵与时又举例说:"今馆阁有《小酒令》一卷,庆历中锦江赵景撰。《饮戏助欢》三卷,元丰中安阳窦谳撰,酒令在焉。

《玉签诗》一卷，皇朝知黔南县黄铸撰，以诗百首为签，使探得者随文劝酒。铸字德器，柳州人。《钓鳌图》一卷，不知作者，刻木为鳌鱼之属，沈水中，钓之以行劝罚，凡四十类，各有一诗。又有《采珠局》，亦此类。序称撰人为王公，不知其名。凡三十馀类，亦各有一诗。又有《捉卧瓮人格》，皇朝李建中撰，以毕卓、嵇康、刘伶、阮孚、山简、阮籍、仪狄、颜回、屈原、陶潜、孔融、陶侃、张翰、李白、白乐天为目，盖与陈、李之格大同小异，特各更其名耳。《投壶经》，唐上官仪尝奉敕删定，史玄道续注，盖取周颙、郝同、梁简文数家之书为之。司马文正公更以新格，旧书为之尽废。晁子止侍郎(公武)《郡斋读书志》又有《木射图》一卷，云唐陆秉撰。为十五笋以代侯，击地球以触之，笋饰以朱墨字，以贵贱之。朱者，仁、义、礼、智、信、温、良、恭、俭、让；墨者，慢、傲、佞、贪、滥。仁者胜，滥者负，而行赏罚焉，疑亦此具也。"这些都是北宋时叶子作酒令的故实。

至明代，有将叶子改制，称为马吊，浑名纸老虎，主要用之于博戏。马吊起源何时，说法不一，顾炎武《日知录》卷二十八说："万历之末，太平无事，士大夫无所用心，间有相从赌博者。至天启中，始行马吊之戏。而今之朝士，若江南、山东，几于无人不为此。"吴伟业《绥寇纪略》卷十二也说:"万历末年,民间好叶子戏,图赵宋时山东群盗姓名于牌而斗之,至崇祯时大盛。其法以百贯灭活为胜负,有曰闯,有曰献,曰大顺。初不知所自起,后皆验。"但《叶子谱》正续两卷的作者潘之恒,与王世贞同时,故马吊的出现不当晚于嘉靖。《叶子谱》起首说:"叶子始于昆山,初用《水浒传》中名色,为角抵戏耳。"其"分门品",称"仿于昆山,今驷马桥犹盛行之";其"图象品",称"模昆山制";其"刻画品",称"测昆山制",后语并说:"吴人嗜而尚之,每席必张焉。"由此可知,马吊明中叶在苏州一带流行,至明末炽盛,且流传各地,它是上至显宦门第,旁及闺阁,下至市井细民的共有玩物。王士禛《分甘馀话》卷一说:"余常不解吴俗好尚有三,斗马吊牌,吃河豚鱼,敬畏五通邪神,虽士大夫不能免。近马吊渐及北方,又加以混江、游湖种种诸戏,吾里缙绅子弟多废学竞为之,不数年而赀产荡尽,至有父母之殡在堂而第宅已鬻他姓者,终不悔也。"申涵光《荆园小语》也说:"赌真市井事,而士大夫往往好之。至近日马吊牌始于南中,渐延都下,穷日累夜,纷然若狂。问之,皆云极有趣。吾第见废时失事,劳精耗财,每一场毕,冒冒然目昏体惫,不知其趣安在也。"叶子本来就有两种用途,一是博具,一是酒令,虽士大夫不能免,潘之恒《续叶子谱》记王世贞事说:"余戊子岁从弇州公在留都右司马邸,无日不与文酒会,酒行数巡,即令取牌扯三张。""扯三张"为马吊的玩法之一,亦用于酒令,以佐觞作乐。

叶子的样式质地,很有不同。一般长二寸阔一寸,或长五寸阔三寸,裱在硬纸片上。以夹青纯绵纸精制而成的,称"官样牌";牌上字小的,称"小娘牌";牌狭的,叫"轿夫牌";牌型矮阔、纸张粗劣的,称"孤老牌"。我见到的最早叶子,是元人曹绍编制的《安雅堂觥律》,有两种版本,一是一百十九张,一是一百张,都仅有文字,如一百张本第一签即为"孔融开尊",上面写着"孔融诚好事,其性更宽容,座上客常满,杯中酒不空。得此不饮,为座客斟酒,各饮一杯"。今存最早有图的叶子,大概是《醋醋斋酒牌》,万历间新安黄应绅刻。图中人物都是旷放多才的酒徒,如孔融、嵇康、刘伶、阮籍、陶潜、贺知章、郑虔、张旭、石曼卿等,而以李白冠其首。这种取择,固然是酒令本身的需要,也反映了当时的社会风尚。题识多用现成文字,而剪裁极简洁,能以数语传神。刻工极尽柔和秀润之致,为新安版刻中的精品。这套叶子残存四十八张,作书册形式,最初或是散页,供制牌之用,后因赏玩需要而装订成册。还有一套《元明戏曲叶子》,为万历末年刻印,共二十六张,每张分两栏,上刻文字,下镌图画,刀法精熟,线条流动,堪称绝品。所选曲文,有的十分罕见,有的甚至已经失传,如《青琐记》《觅莲记》《汝盒记》《洛阳记》等,在这套叶子里保存了几支残曲,故于戏曲史研究也很有价值。万历以后,叶子内容更丰富多彩,且有化繁为简的趋向,周亮工《因树屋书影》卷五说:"今江右叶子,有无图象者,有作美人图者。闽中叶子,有作古将相图,有作甲第图者。近又有分鸟、兽、虫、鱼为门类者。"以叶子为酒令的风气,也普遍流行。行令时一般将牌扣置席间,与宴者依次抹牌,每人每次一张,按牌中令约、酒约饮酒。李绿园《歧路灯》第十五回说,盛希侨"揭过一看,只见上面画着一架孔雀屏,背后站着几个女子,一人持弓搭箭,射那孔雀,旁注两句诗,又一行云'新婚者一巨觥'"。由此可见清人用叶子行酒令的情景。

明末清初的叶子,以陈洪绶的《水浒叶子》和《博古叶子》最负盛名,绘画雕刻,都称绝出。

《水浒叶子》四十张,镂刻精湛,刀法流畅细腻,构图突出人物,几乎占据整个画面。张岱《陶庵梦忆》卷六《水浒牌》说:"古貌古服、古兜鍪、古铠胄、古器械,章侯自写其所学所问已耳。而辄呼之曰'宋江',曰'吴用',而'宋江''吴用'亦无不应者,以英雄忠义之气,郁郁芊芊,积于笔墨间也。周孔嘉丐余促章侯，孔嘉丐之，余促之，凡四阅月而成。余为作缘起曰：'余友章侯，才足挟天，笔能泣鬼。昌谷道上，婢囊呕血之诗；兰渚寺中，僧秘开花之字。兼之力开画苑，遂能目无古人，有索必酬，无求不与。既龋郭恕先之癖，喜周贾耘老之贫，画《水浒》四十人，为孔嘉八口计，遂使宋江兄弟，复睹汉官之仪。伯益考著《山海》遗经，兽毹鸟毷，皆拾为千古奇文；吴道子画地狱变相，青面獠牙，尽化一团清气。收掌付双荷叶，能月继三石米，致二斗酒，不妨持赠；珍重如柳河东，必日灌蔷薇露，薰玉蕤香，方许解观。非敢阿私，愿公同好。'"周孔嘉和陈洪绶都是张岱的朋友，周孔嘉家境贫困，无法维持八口之家的生计，陈洪绶特地画了这副叶子，让周孔嘉拿去刷印发售，作为周济之举。

《博古叶子》四十八张，若耶樵者唐九经《题章侯画博古叶子》说："此牌凡四十八叶，计树之老挺疏枝，秀出物表者，得二十七；小几大案之张，汉瓦秦铜之设，其器具得五十八；衣冠矜饰，备须眉、横姿态而成人物者，得百四十有九；一切牛羊狗马之类，不计焉。其大抵也，古雅精核，较《水浒叶子》似又出一手眼。"汪光被《跋章侯画博古叶子》说："《博古》与《水浒》异乎？曰异也。《水浒》之传也以人，《博古》之传也以事，故曰异也。"可见它们的不同，在于一

020

以人物，一以故事。《博古叶子》上的文字是根据汪道昆《数钱叶谱》，赞语和酒约没有多大差别，只是《数钱叶谱》可兼用于马吊，故比《博古叶子》多了些马吊术语。陈洪绶画这套《博古叶子》时，已是晚年，境况贫困，他在题记中说："廿口一家，不能力作，乞食累人，身为沟壑，刻此聊生，免人络索。"那是在顺治八年的暮秋。他画这套叶子，为的是养家糊口，但即使作如此的"商品画"，也不草草了事，而是精心进行创作，正如唐九经所说："较《水浒叶子》似又出一手眼。"用笔清圆细劲，柔中有刚，人物造型也颇多变形，如头大身小，主大客小，有古拙的神趣，这或许取法阎立本的《历代帝王图卷》。这套叶子的镂刻者是黄建中，字子立，新安人，为徽派雕版著名艺人，与陈洪绶合作甚久，深悉其笔法，所刻极精工，线条拙朴，刀法谨严，不失画意。崇祯八年，他曾为陈洪绶刻《九歌图》，至顺治十年刻《博古叶子》时，陈洪绶已于上年去世了。

明代著名的叶子，还有无名氏的《琵琶记叶子》《状元叶子》《三国志演义叶子》《历代故事叶子》等。至清代，乾隆五十八年怡府所刻吴焯《雅人觞政》，咸丰四年萧山蔡照初所刻任熊《列仙酒牌》等，都是版刻中的佳品。

记得十多年前，市面上流行一种酒牌子，装在盒子里，类似扑克牌，上面印的就是陈洪绶的《博古叶子》，只是文字改得现代了，比如坐汽车赴宴者饮、打领带者饮之类。当时"吃风"发端，以此推波助澜，实在也是很好的想法。可惜的是，这个想法太风雅了，现代的吃喝绝无谦谦君子之风，又何须借酒牌子来助兴。

鲁迅的中文藏书

鲁迅先生读些什么书,又买些什么书,向为读书人所关心。孙犁老人说,他当年就是根据《鲁迅日记》中的"书账",去找读,去采买,以丰富自己的皮藏。我除了鲁迅的"书账"外,经常翻读的是《鲁迅手迹和藏书目录》,这是北京鲁迅博物馆在一九五七年七月编印的内部资料,共三册,第一册是手迹目录,第二册是中文藏书目录,第三册是外文藏书目录。我的兴趣,当然是在第二册和第三册。第三册只是翻翻而已,不过是想知道鲁迅在美术方面的兴趣。当时日本印的画册非常精美,鲁迅是着意收罗的,如三十六册的《世界美术全集》、六册的《世界裸体美术全集》、六册的《日本裸体美术全集》、八册的《玩具丛书》、四册的《乡土玩具集》等,都有全套,但由于我不识日文,只能是揣摸着读读。第二册的中文藏书目录,我是认真去读的。

这份目录分三个部分,即线装、平装、期刊。据编者统计,线装书有九百三十种,七千五百七十九册,又未订之散页四百九十页;平装书有七百九十七种,九百六十五册;期刊有两百十八种。我未将它们与《鲁迅日记》中的"书账"对照过,但可以肯定地说,这是鲁迅中文藏书的大部。

在鲁迅的中文藏书中,线装古籍占很大比例,经史子集的常见书基本完备,其中尤以杂史、杂家、艺术、小说、总集为多,另外有八十多部完整的丛书,如有《汉魏丛书》《儒学警悟》《顾氏文房小说》《说郛》《津逮丛书》《稗海》《雅雨堂丛书》《知不足斋丛书》《十万卷楼丛书》《仰视千七百二十九鹤斋丛书》《观古堂汇刻书》《双梅景闇丛书》《涵芬楼秘笈》《四部丛刊》《纪录汇编》等杂丛类丛书六十余部,有《石林遗著》《少室山房笔丛》《巾箱小品》《张南山先生全集》《观古堂所著书》等自著类丛书二十余部,又有《绍兴先正遗书》《台州丛书》《湖州丛书》等郡邑类丛书。从中可以看出,鲁迅的藏书以实用为目的,大都是当时流行的平常版本,没有什么宋版元椠。景宋女士在《北行观感》之四《藏书一瞥》中说:"国学方面各种类书、丛书也占了一些地位,但似乎并没有什么难得的海内孤本,不知是原来没有呢,还是偶有一二亦不能保。或则因为鲁迅先生平时对于善本、珍本的购买力未必很多,而他的记忆强和图书馆的徘徊恐怕对于他更易借助。"但在他感兴趣的方面,想要去研究的题目,版本则搜罗得较多,比如阮籍,便有明刻本《阮嗣宗集》三种,另有张溥评本《阮步兵集》等;再如嵇康,鲁迅曾做过《嵇康集》的校点,藏有明人汪士贤校刊本《嵇中散集》两部,其中一部有鲁迅用朱笔做的校勘,另外还有一部《四部丛刊初编》本的《嵇中散集》,上面有台静农过录的朱笔校勘批注。

鲁迅对自藏线装书十分爱惜,有的在第一册加盖一印外,一般没有其他藏书印记,鲁迅的用印有"鲁迅""会稽周氏""会稽周氏收藏""周氏"等,一般也不作题跋眉批。凡有缺本的,他还补抄成全帙,如《罗氏群书》共有十册,其中缺了两册,鲁迅便手抄两册补全,还抄了全书目录一页,置于卷首。黄裳在《关于鲁迅先生的遗书》中说:"先生手写字体整秀,不像晚年的苍老。如果藏有川岛校印的《游仙窟》的,可以从卷首先生手书的序言中领略其风度。两书都间有眉批,大概是全书成后又有新发见的地方后来再加注上去的吧?此外,以碑录的部分为最多,有两大包。抄写字体秀整如前,自汉、晋、北魏以来陆续钞录。"又说:"其中有先生所补钞的一卷《淮阴金石仅存录》,书式大小,板框字体,都与原书无异,令我深深感动于先生的这种影钞的精神,在过去,毛钞、黄钞是以神似原刻、毫发无爽有名的,不过这大抵是倩书手代钞,甚至在卖书单上(如汲古阁)还特地标明,说是花了若干钞工本钱,如此出售,还算赔本之类的话。亲自手钞,如此工整,除了用作学问代娱乐这一种说法来解释以外,恐怕就难以讲通了。"这正是在追求一种寂寞中的愉悦。正像尤延之说的那样:"吾所钞书,今若干卷,将汇而目之,饥读之以当肉,寒读之以当裘,孤寂而读之以当朋友,幽忧而读之以当金石琴瑟也。"(杨万里《益斋藏书目序》)想来鲁迅抄书时,也大概有感于这位宋人的心情吧。

至于平装本的中文书,鲁迅花钱买的不多,不少是出版社和著译者的赠送。当时与他有关系的如北新书局、良友图书印刷公司等,都将一些新印的书赠送给他。著译者赠送的更多,包括像胡适、林语堂、顾颉刚、章衣萍等人,都将自己的书题字签名送给鲁迅,如今浏览,确乎也能略略感受到当时文坛气候的冷暖和彼此关系的变化。

关于鲁迅的搜书,景宋女士在《鲁迅手迹和藏书的经过》中说:"回想鲁迅生前视书如命的宝爱情况,能不令人深为叹息。文人的书,就如武士的宝剑,时刻不能舍弃,因为借它画出敌人的奸邪,借它量度敌人的作恶程度。而且鲁迅藏书点滴得来不易,有为朋友馈赠可作纪念的,有为几十年的精力亲自陆续搜求的。他没有阔人延聘南北专人坐镇罗致善本的威力,仅凭个人足迹所及,即节衣缩食买来,如到厦门、广州、杭州,便即往书肆找寻,往往坊间绝迹之书,如广雅书局出版的杂著,亦必托人买来。未出北京前,每有日文图书,亦由书店挑选送到。在上海,月必大量添购书籍,在上海时蟫隐庐之书和中国书店之目录,固然以之仔细寻找其爱读物,即《嘉业堂丛书》不在上海出售,亦必辗转托人购置。其或属线装书因孤本难得,或因经济所限,一时未能购齐,则不惜亲自手钞或加意装订,都费去不少精力,阅之较坊间所出更觉精美,亦可见其珍爱藏书之一斑了。此外,法国出版的木刻版画,收到时发现有不全的,亦必再三托人向旧书肆高价搜求寄来。但国外过时的书,是不易觅得的,鲁迅藏书中居然能完整无缺地集成一套,确属不易,第二次大战后,闻法国亦无存此成套木刻书的了。又《城与年》插图本,曹靖华后来亦遍向苏联找寻不到,鲁迅藏书中却幸存一册,为中苏人民的友谊增一佳话。"鲁迅能大量搜书,丰厚的收入实在是一个坚实的经济基础,有了这个基础,不但能凭自己的喜好随心所欲地买书，更能保持他自己的独立思考和自由精神。

附带说一句，在那次应《京报副刊》征求"青年必读书"时，鲁迅说："我以为要少——或者竟不——看中国书，多看外国书。"其实"中国书"，特别是古旧的"中国书"，鲁迅藏得最多，读得也是最多，这篇《青年必读书》不过是他借题发挥的一篇杂感而已。

鲁迅和《点石斋画报》

　　中国最早的画报，可追溯至光绪元年自广州迁上海出版的《小孩月报》(Child's Paper)，由美国基督教长老会传教士范约翰(J.M.W.Farnham)主编，锺子能任主笔，清心书馆发行，后改中国圣教书会发行，连史纸印，供中小学生阅读，文字浅近，兼有插图。光绪三年，申报馆创办《瀛寰画报》，第二号改名《寰瀛画报》，蔡尔康任主笔，在英国印刷，上海装订发售，共出五期，乃最早用绘画形式介绍国内外时事新闻、人物传记、科学知识、风土人情、先进交通工具等，实开中国画报之先河。光绪六年，上海圣教书会创办《图画新报》，由范约翰主编，锺子能任主笔，清心书馆发行，以宣传基督教义为主，并有风景、地图、天文、科学、时事、人物等内容。这几份画报，不尽如人意之处甚多。如《小孩月刊》因借用外国旧铜版，说的是中国事，画上是外国人;改由中国人画插图后,用黄杨木雕版,画面简陋,画的洋人却穿着中国长袍。《瀛寰画报》也用过不少时过境迁的外国旧铜版,如第一号所刊"有关俄土两国之事",乃是二十年前克里米亚战争的旧闻。真正中国人自己的画报,并且相对密切联系时事以图版配合新闻报道的,当数创刊于光绪十年的《点石斋画报》。

当时上海的石印书坊,以点石斋书局的影响最大。它附属申报馆,由英商美查(Ernest Major)创办于同治六年,聘王菊人为买办,初名点石斋书画室,又称点石斋石印局,设址于偷鸡桥堍,它的印刷所设在泥城桥堍,门市部则设在抛球场。光绪五年六月九日《申报》刊出"点石斋主人美查"的《点石斋印售书籍图画碑帖楹联价目》,有这样一段话:"本斋于去年在泰西购得新式石印机器一付,照印各式书画,皆能与元本不爽锱铢,且神采更觉焕发。至照成缩本,尤极精工,舟车携带者既无累坠之虞,且行列井然,不费目力,诚天地间有数之奇事也。"石印是当时先进的印刷技术,尤其适宜影印或缩印古籍。黄式权《淞南梦影录》卷二说:"石印书籍,用西国石板,磨平如镜,以电镜映像之法,摄字迹于石上,然后傅以胶水,刷以油墨,千百万页之书,不难竟日而就,细若牛毛,明如犀角,剞劂氏二子可不烦磨厉以须矣。"点石斋凭借石印技术,影印《康熙字典》《十三经》《佩文韵府》等,印数奇大,获利丰厚。

光绪十年四月,点石斋书局创办《点石斋画报》,每十天出一册,一般逢六出版,随《申报》附送并零售。每册封面用彩色本纸,内页用连史纸,凡八幅,长方开本,经折装。以十二册为一辑,依天干、地支、八音、六艺、四教、四德编目。至光绪二十四年停刊,共出版四十四辑,图文四千两百余幅。《点石斋画报》创刊伊始,就由吴友如主绘,参加绘图的有张志瀛、顾月洲、周慕桥、田子琳、金蟾香、符艮心、葛龙藏、马子明、贾醒卿、何元俊、李焕尧等。他们的画,构图完整,笔致细腻,刻画入微,兼有中西画法的特点,以此而形成了"点石斋画风"。由于石印技术的特殊性,无论画稿如何细腻入微,都能毫厘无差地再现出来,并且印刷周期大大缩短,画面效果也给人耳目一新的感觉,再加上画报这一新颖别致的传播样式,问世后就一纸风行,并且代表着当时画报的最高水平。阿英在《中国画报发展之经过》中就说:"因《点石斋画报》之起,上海画报日趋繁多,然清末数十年,绝无能与之抗衡的。"

《点石斋画报》的内容,以时事画为主,如中法战争、中日甲午战争以及缅甸问题、朝鲜问题等,都印出专号,以警醒民众;各地的社会新闻和民风习俗介绍,也占相当多的篇幅。此外,还介绍外国的风土人情、山水景物、高楼大厦、火车轮船以及声光化电等科学事物。这份前所未有的新型读物,受到读者的欢迎,市井购观,流播广远。应该说明的是,其中不少新闻画,取材于《申报》,辰桥《申江百咏》有曰:"一事新闻一页图,双钩精细费功夫。丹青确有传神笔,中外情形着意摹。"自注:"又有《画报》,大半采《申报》中事有可绘图者,一事一页,描写入神,用石印印行。"但由于新闻素材辗转而来,画者只能凭空臆想而作,甚至有不少是杜撰出来的,往往选择前人野史笔记里的材料,改编为新闻,再作描绘。来得比较真实的,倒是那些风俗画和以租界里市井细民为题材的社会新闻画。鲁迅在《上海文艺之一瞥》里说:"在这以前,早已出现了一种画报,名目就叫《点石斋画报》,是吴友如主笔的,神仙人物,内外新闻,无所不画,但对于外国事情,他很不明白,例如画战舰罢,是一只商船,而舱面上摆着野战炮;画决斗则两个穿礼服的军人在客厅里拔长刀相击,至于将花瓶也打落跌碎。然而他画'老鸨虐妓''流氓拆梢'之类,却实在画得很好的,我想,这是因为他看得太多的缘故;就是在现在,我们在上海也常常看到和他所画一般的脸孔。这画报的势力,当时是很大的,流行各省,算是要知道'时务'——这名称在那时就如现在之所谓'新学'——的人们的耳目。"说得实在很精辟。

《点石斋画报》创刊号上,编者有这样一段话:"第一号则为甲一,第二号则为甲二,其馀按号而下,故书缝中之数目,则亦鱼贯蝉联,将来积有成数,可以装成一本,幅式大小,统归一律,毫无参差不齐之病,赏鉴家以为然否?"由于版式统一,且有固定栏目、固定页数、固定的出版日期,连续编号,给有意去保存的人提供了方便,特别是一些连载,装订起来,也就是成帙的书籍了。包天笑在《钏影楼回忆录·面试》里说:"我在十二三岁的时候,上海出有一种石印的《点石斋画报》,我最喜欢看了。本来儿童最喜欢看画,而这个画报,即是成人也喜欢看的。每逢出版,寄到苏州来时,我宁可省下了点心钱,必须去购买一册,这是每十天出一册,积十册便可以线装成一本,我当时就有装订成好几本,虽然那些画师也没有什么博识,可是在画上也可以得着一点常识,因为上海那个地方是开风气之先的,外国的什么新发明、新事物,都是先传到上海,譬如像轮船、火车,内地人当时都没有见过的,有它一编在手,可以领略了。风土、习俗,各处有什么不同的,也有了一个印象。"当年像包天笑那样爱读《点石斋画报》,并将它装订成册的人，大概也不是少数。

　　鲁迅比包天笑小五岁，早年在绍兴是否读过《点石斋画报》，已不能知道。但在他的藏书中，有四种是从《点石斋画报》中析出而装订成册的。鲁迅对这些厘定重叠、穿针引线的事，一向乐意去做，认为是一种很好的休息。但这四种却不是他亲手装订，他只是将它们析出整理，托宋紫佩去请人装订，他在一九三四年九月五日的日记里便说："下午寄紫佩信并《淞隐漫录》等一包，托其觅人重装。"鲁迅在付人装订之前，在每种的扉页上作了墨笔的题识，还盖了印章。

　　第一种是王韬的《淞隐漫录》，吴友如绘图，共六册，题识云："《淞隐漫录》十二卷。原附上海《点石斋画报》印行，后有汇印本，即改称《后聊斋志异》。此尚是好事者从画报析出者，颇不易觏。戌年盛夏，陆续得二残本，并合为一部存之。九月三日南窗记。"钤"旅隼"印。

　　第二种是王韬的《淞隐续录》，张志瀛绘图，共两册，题识云："《淞隐续录》残本。自序云十二卷，然四卷以后即不著卷数，盖终亦未全也。光绪癸巳排印本《淞滨琐话》之十二卷，亦丁亥中元后三日序，与此序仅数语不同，内容大致如一，惟十七则为此本所无，实一书尔。九月三日上海寓楼记。"钤"旅隼"印。

第三种是王韬的《漫游随录图记》，张志瀛等绘图，题识云："《漫游随录图记》残本。此亦《点石斋画报》附录，序云图八十幅，而此本止五十幅，是否后有续作，或中止于此，亦未详。图中异域风景，皆出画人臆造，与实际相去甚远，不可信也。狗儿年六月收得，九月重装并记。"钤"鲁迅"印。

第四种是李渔的《风筝误》，金蟾香绘图，题识云："李笠翁《风筝误》。亦《点石斋画报》附录也，盖欲画《笠翁十种曲》而遂未全，余亦仅得此一种，今以附之天南遯叟著作之末。画人金桂，字蟾香，与吴友如同时，画法亦相类，当时石印绣像或全图小说甚多，其作风大率如此。戌年九月将付装订因记。"钤"鲁迅"印。

这四种的三位绘图者，仅吴友如记载稍多，其名嘉猷，字友如，苏州人，生年不详，幼习丹青，私淑钱杜、改琦、任熊等，擅工笔，于人物仕女、山水界画、花鸟虫鱼靡不精能，亦擅长写意人物，主绘《点石斋画报》，后脱离点石斋，又自创《飞影阁画报》，也很有影响，光绪十九年卒。宣统元年，上海璧园书局从其后人处购得粉本一千两百幅，编成《吴友如画宝》，石印行世。他画的昆曲人物册页和《豫园雅集图》曾在南京博物院展出，惜未过眼。张志瀛和金蟾香，仅记名于杨逸《海上墨林》，生卒年均不详，事迹亦无可考。只知张志瀛名淇，上海人；金蟾香名桂，苏州人，据说早年与吴友如稔熟，后同去上海，受聘于《点石斋画报》。

鲁迅对吴友如的画相当熟悉，在《朝花夕拾·后记》里谈到《百孝图》时说："吴友如画的一本，也合两事为一，也忘了斑斓之衣，只是老莱子比较的胖了一些，且绾着双丫髻——不过还是无趣味。"然而他觉得《点石斋画报》反映了时代，他说："吴友如画的最细巧，也最能引动人。但他于历史画其实是不大相宜的；他久居上海的租界里，耳濡目染，最擅长的倒在作'恶鸨虐妓''流氓拆梢'一类的时事画，那真是勃勃有生气了，令人在纸上看出上海的洋场来。"鲁迅在《略论中国人的脸》里又说："时装人物的脸，只要见过清朝光绪年间上海的吴友如的《画报》的，便会觉得神态非常相像。《画报》所画的大抵不是流氓拆梢，便是妓女吃醋，所以脸相都狡猾。这精神似乎至今不变，国产电影中的人物，虽是作者以为善人杰士者，眉宇间也总带些上海洋场式的狡猾。"虽然这是一篇颇为辛辣的杂感，但因为吴友如对晚清社会及芸芸众生十分稔熟，故笔下人物神情毕肖，对"国民性"的揭示也颇为深刻，鲁迅之所以欣赏他的画，原因也在于此。

《陈子文手抄紫泥法墨迹》

　　《陈子文手抄紫泥法墨迹》，安徽人民出版社一九八四年五月初版，定价六角五分，以特价买得，仅三角。新年之夜，无所事事，便取出浏览。先读编者前言，没料想竟然看到这样的文字，陈子文"又名克恕而字体行""生卒年月不详""浙江《元和县志》"诸语，白纸黑字，天底下也真岂有此理。既然编者以为陈子文就是陈克恕，便将《篆刻针度》归于陈子文名下，还加以议论发挥，真是张冠李戴，让人哭笑不得。

　　陈子文，名奕禧，一字六谦，号香泉、葑叟等，浙江海宁人，生于顺治五年，卒于康熙四十八年。贡生，由山西安邑县丞累官至江西南安知府，卒于任。他为官政声极好，诗名亦高，王士禛称赏之，收为弟子，尤以书法名天下，被推为清初四家之一，雍正时敕命以其书刻石为《梦墨楼帖》，包世臣在《艺舟双楫》"国朝书品"中，将他的行书列为"佳品上"，于历代金石碑帖的收藏，也极富赡，并为之题跋辨证。王士禛称他是"米元章、黄伯思一流人也"，在当时很有声望。关于他的事迹，记载很多。因为他曾寓居苏州定慧寺前，定慧寺地属元和县，故乾隆《元和县志》有传。他的著作有《绿阴亭集》《春霭堂集》《秋雨斋集》《虞州集》《皋兰载笔》《含香新牍》《益州于役记》《金石遗文录》《隐缘轩题识》等，并摹勒家藏名迹为《予宁堂帖》。

"紫泥法"者，全称是《红术轩紫泥法》，作者汪镐京，安徽新安人，字快士，号西谷，一号红术轩主人。他是极有性情的人，以卖印篆作出游费用，稍稍筹措一点，就不再去卖了。他存世的印谱有《黄山印篆》《红术轩印存》，后者辑于康熙二十二年。《红术轩紫泥法》是一本专谈印泥制作的小书，独有心得，写于康熙三十五年，陈奕禧如何得以抄录，无可细考。但陈之抄本，并非全部，文字也不完全相同。历代关于印章的书极多，然而谈印泥制作的，似乎并不多，《红术轩紫泥法》是比较通行的一种，因此刊刻也多，收入《檀几丛书》《翠琅玕馆丛书》《借月山房汇钞》《泽古斋重钞》《艺术丛书》《芋园丛书》《美术丛书》等。

至于陈克恕，也是浙江海宁人，字体行，号目耕，又号吟香,别署健清、妙果山人、目耕山农,生于乾隆六年,卒于嘉庆十四年。诸生,工书法,精篆刻,又擅眼医。著有《篆刻针度》《篆学示斯》《篆体经眼》《存几希斋印存》《印人汇考》《砚说笔谈》等。他的《篆刻针度》卷七"制印色"附录了《红朮轩紫泥法》,《篆刻针度》写于乾隆五十一年,距陈奕禧之死已七十七年了。

陈奕禧抄《紫泥法》已在晚年,写得极有妙境,流动变化而自具幽邃之致。张之洞于光绪三十三年暮春在杭州买得这本册页,不日回睦州,沿富春江而上,舟过严子陵钓台时,写下一段小跋:"光绪丁未五月,自睦州来武林,购得此册,考册尾捺印,知为海昌陈香泉先生所书,用笔有法,丰神挺秀,洵为书法名家。六月旋睦,携以自随,篷窗雨过,顿忘炎暑,偶一展玩,心目中逾觉清快也。"文字之间,颇可见他那喜悦的神情。张之洞以后,这本册页如何流传,就不得而知了。也不知此书的编者为何许人,或许正是这个抄本的提供者,但竟写出如此的前言,不得不叹息良久了。

印泥者,用得最多者,公文关防,取款提货,交易合同,都得戳之盖章,然除书画藏家外,都不讲究,海绵加红印油者,屡屡见之。凡与如此之人谈"紫泥法",不啻对牛弹琴也。

今日元旦，本欢天喜地，却读得如此之书，懊恼可知。

附录:陈奕禧史料

昨夜读《陈子文手抄紫泥法墨迹》，感慨良多，今再从家藏旧籍中抄出有关陈子文的记载数条，编一小辑，聊为不知陈子文者，提供一点故实。引文之用括号者，原为双行小注。

《清史列传》卷七十一:陈奕禧，字谦六，浙江海宁人。岁贡生。由山西安邑丞入为户部郎中，出知贵州石阡府，改江西南安知府，卒于官。少善诗，尝以"斜日一川汧水北，秋山万点益门西"见赏于王士禛。尤工书法，专效晋人，所藏秦汉唐宋以来金石甚富，皆为题跋辨证。圣祖尝命其入直内廷，世宗亦敕其书勒石，为《梦墨楼帖》十卷。日本国王嗜之，海舶载往，辄得重值。所居官，有循声。山西、贵州、江西皆祀之名宦。令直隶深泽时，饮泉甘之，作亭其上，署曰香泉，因以为号。论者谓其治绩诗名，乃为书所掩云。著有《金石遗文录》《皋兰载笔》《益州于役记》《春霭堂集》《虞洲集》。

《浙江通志》卷一百七十八：陈奕禧，《山西名宦册》："字子文，海宁人，以贡生任安邑县丞，摄临晋篆，著有循声，负诗文名，工书法，尺幅片楮皆摹勒为帖，行于世。"《山西通志》："号香泉，由户部郎出知石阡府，补南安，所至人皆乞其书，争相宝贵。尝仿《文选》体集历代诗文为《文海》，序而行之。"

《江西通志》卷六十五：陈奕禧，字香泉，海宁人。康熙四十七年由户部郎出知南安府，倡修学宫，详除扳运，减免陋规，纂修郡志。工书法，人争宝焉。

《元和县志》卷二十六：陈奕禧，字子文，海宁人。工书法，京朝士大夫多从学书者。究心金石之学，穷山僻径，残碑断碣，偶有所见，必剜剔苔藓而出之，以故藏庋甚富。起家安邑丞，入为户曹郎，出守石阡。石阡道远，乏行资，乃留都下卖字，一月得数千金，以治装。至郡，书"天下第一郡楼"六大字于署，自为之记，时人赋诗记述者甚众。未几，以兄诖抚黔，回避归，流寓苏州定慧寺前。再起南安守，卒于官。

王士禛《分甘馀话》卷三：门人陈子文奕禧，号香泉，海宁望族。其家簪笏满床，子文独以诗歌、书法著名当世。其书专法晋人，于秦汉唐宋以来金石文字，收弄尤富，皆为题跋辨证。米元章、黄伯思一流人也。康熙庚辰，以户部郎中分司大通桥。一日，东宫舟行往通州，特召之登舟，命书绢素，且示以睿制《盛京》诸诗，赐玻璃笔筒一。后亦召至大内南书房，赐御书。甲申，出知石阡府。戊子，补任南安。江西巡抚郎中丞重其名，求书其先世碑志，而子文忽以病卒官。妙迹永绝，清诗零落，所藏金石文字不知能完好如故否？其子世泰，以书名世。其家必能藏弄，不至散佚。生平与蒲阪吴天章雯最善，今先后下世矣，悲夫。

王士禛《分甘馀话》卷三：陈子文奕禧初丞安邑，梦至一山寺，殿庑像设极宏丽，顾见西北隅下临城堞，有园圃，新作一亭，尚未覆瓦，傍有人指示曰：“此君终身归宿处也。”后三十年，累官至南安府，一日游东山寺，殿庑像设宛如梦中所见，方心异之，忽顾西北林木缺处，下有园圃，中作一亭将成，尚未覆瓦，问之，则府署后圃，子文重建宋守李彝绿阴亭也，益异而心恶之，归遂寝疾不起。（初，子文得南安，寄余书曰：“郡圃有宋人绿阴亭址，暇当重葺之，退食则吟诗作字于此。”亭将成而殁，竟未得一日居也。）

阮葵生《茶馀客话》卷十七：徐坛长云：“近书家推三人，姜莘间、陈香泉、何义门。姜学晋人，用笔蕴藉，吻肩不露，结体亦高雅，不踏时蹊，惟笔笔拆开看有未足处。陈知用笔,点画有功,只好古字,反坠河北毡裘气,又从襄阳入手,任学晋唐,骨胎自露,更觉可嫌。何临仿唐人熟甚,实得古人笔法,只自己面目稍重,塌着笔描字,不是提着笔写字。"

杨宾《大瓢偶笔》卷六:康熙中,海宁陈允文熹、陈允泰煮、陈子文奕禧、朱人远尔迈、杨嵩木中讷、杨语可、沈羽、侯子丰、郑子政官治,聚十馀人为临池会。十日一举,各携所习,互相鉴定,散则留于主会之家。允文、嵩木俱有书名,允文书未之见,嵩木工草书,子文工行楷,尤为京师所重。

杨宾《大瓢偶笔》卷六:陈香泉专取姿致,然与苏州库官王羽大书一条幅,沉着浑融,绝无轻佻之态。《阿云举尊人西公楞言碑》学《崔敬邕墓志》,亦深厚有六朝气。

杨宾《大瓢偶笔》卷八:黔中岩洞题识,前此多出郭青螺,今则多陈子文书,或自署名,或署前抚军于公準、方伯张公建绩。盖青螺抚是邦,而子文则曾知石阡府故也。

吴德旋《初月楼论书随笔》:本朝书家,姜湛园最为娟秀,近时刘诸城醇厚,有六朝人遗意,但未纵逸耳。香泉、天瓶当时并负盛名,而凡骨未换,较之明季孙文介、倪文正诸公,不逮远矣。

杨守敬《学书迩言·评书》:国初陈奕禧(香泉)之超脱,

何义门(焯)之宽博,汪士铉(退谷)之老劲,郑谷口(簠)之飘逸,固自可存,然皆未臻极诣。

王潜刚《清人书评》:陈香泉书名盛一时,余观其书过取姿媚,而用功甚深。其时学米、董者遍天下,香泉独力求新径,取黄取赵,上追《阁帖》,亦可谓杰出者。小行书不如大字,弱而少骨,五寸以外大行书,别有意趣,亦嫌弱。见其临《十七帖》最健,小行书前后《赤壁赋》,妖媚太过。

《宋刻梅花喜神谱》

　　《宋刻梅花喜神谱》,上海博物馆藏,文物出版社一九八二年十二月初版,定价一元五角,以特价八角得之。

　　喜神者,即喜容、写真、写生之意,宋元人之称肖像也。郭应祥《西江月》词有题曰:"遯斋生日,有以喜神之轴为寿者,悬之照壁,遂作。"金盈之《醉翁谈录》卷六《赞陈都院居士画像》有曰:"瑞友写出喜神,却就居士觑赞。"叶梦得《赵夫人慕容氏志铭》记其"自赞喜神",楼钥有《叶处士画貂蝉喜神见惠》,徐元杰有《曹子至父喜神赞》,元人郑廷玉杂剧《看钱奴买冤家债主》第三折也说:"父亲,你孩儿趁父亲在日,画一轴喜神,着子孙后代供养着。"但梅花图谱,如何也以喜神称之,正是以梅拟人,生动栩栩者也。

　　《梅花喜神谱》,宋伯仁编绘。伯仁字器之,号雪岩,又号耕田夫,湖州人,生于庆元五年,卒于咸淳间。曾举宏词科,绍定六年监泰州拼桑盐场,嘉熙元年寓居临安,北游淮扬,复卜居临安之西马塍。工诗,与江湖诗人高翥、孙惟信等论诗交游。著有《忘机集》一卷、《西塍集》一卷,以《雪岩吟草》为总名,刻入《南宋群贤六十家小集》。《四库全书总目》卷一百六十四说:"其诗有流丽之处,亦有浅率之处,大致不出四灵馀派。自序称'随口应声,高下精粗,狂无节制,低昂疾徐,因势而出,虽欲强之而不可。'足知其称意挥洒,本乏研练之功,然点缀映媚,时亦小小有致,盖思清而才弱者也。"另著有《海陵稿》《烟波渔隐词》《酒小史》等。

这部画谱初刻于嘉熙二年,景定二年重刻于金华双桂堂,雕椠精美,为浙刻中之上品,也是迄今为止发现的最早一部木刻版画图集。画谱分上下两卷,按花时八节,画出不同姿态的梅花一百幅,每幅各有题名及五言诗一首。

《梅花喜神谱》在元明时的流传情况无可考索,至清初始见著录,钱曾《读书敏求记》卷三记道:"宋伯仁《梅花喜神谱》二卷。潜溪先生云:'古人鲜有画梅者,五代滕胜华始写《梅花白鹅图》,而宋赵士雷继之,又作《梅汀落雁图》。厥后邱庆馀、徐熙辈皆傅五彩。仲仁师起于衡之华光山,怒而扫去之,以浓墨点滴成墨花,加以枝柯,俨然如疏影横斜于明月之下。逃禅老人杨补之又以水墨涂绢出白葩，尤觉精神雅逸。梅花至是益飘然不群矣。'潜溪详画梅之原如此。伯仁字器之，刻此谱于景定辛酉，自称每至花放时，徘徊竹篱茅舍间，满肝清霜，满肩寒月，谛玩梅之低昂俯仰，分合卷舒，自甲坼以至就实，图百形，各肖其名，系以五言断句。是书颇能传梅之远神，惜乎潜溪未及见之，一为评定也。予昔有诗云：'笛声吹断罗浮月，管领梅花到鬓边。'今观此谱，如酒阑梦觉，月落参横，翠鸟啾嘈，只馀惆怅而已。"至嘉庆六年，景定重刻本入藏士礼居，黄丕烈一再题跋，珍为绝品，钱大昕、孙星衍、洪亮吉等均有跋语。据钱大昕《竹汀先生日记钞》卷一记道："读宋伯仁《梅花喜神谱》，景定辛酉金华双桂堂重镌本。前有伯仁自序，自称雪岩耕田夫，后有向士璧后序及嘉熙二年叶绍翁跋。盖初刻于嘉熙戊戌，重镌于景定辛酉也。其谱蓓蕾四枝，小蕊十六枝，大蕊八枝，欲开八枝，大开十四枝，烂熳二十八枝，欲谢十六枝，就实六枝，凡百图。图后各缀五言绝一首。题曰喜神，盖宋时俗语，以写像为喜神也。"

一九九一年，潘景郑先生作《梅花喜神谱跋》，谈及此书流传情况："据黄氏题诗注，称书为文氏百窗楼旧藏，又称原由五柳居归王府，赠以京米十挑鱼肉一事云。今据此本,文氏印鉴具存,可得踪迹焉。自士礼居书散,归汪士钟艺芸书舍。咸丰初为文登于昌遂所得,先曾祖星斋公为作跋语。同治间,于氏书散,归郑庵叔祖,藏诸滂喜斋,惜未及载入藏书记中。迨郑庵公下世,仲午叔祖载书南归,慎护无失。郑庵公无后,仲午公晚岁亦仅存一女,即静淑姑母,归吴湖帆姑丈。姑母娴雅文辞,辛酉岁值三十初度,叔祖举以赠奁,遂入梅景书屋。湖帆姑丈重为装袭,拜乞当时名贤题咏数十家。己巳岁,余年二十三,忝茑萝之亲,命赘俚句殿焉。旋由上海涵芬楼假印入《续古逸丛书》中,惜所印已删去近跋,湖丈遂斥资附印数十部,增入近贤文字,以留鸿痕。书成,分贻亲友,每册各署名,并取词句一字为证,今赠予册题一'笑'字可证也。忽忽至今已逾六十年,册内题词诸老先后殂谢,余衰龄荒伧,环顾前尘,能无梦华之感。"此书重刻于辛酉,归黄丕烈亦于辛酉,再归吴湖帆还是辛酉,也算得上是书事奇缘了。

今所读者,即据景定重刻本精印,刀工刻痕,宛然可见,凡收藏诸印悉套朱红,朱墨相映成趣,可称讨人欢喜者也。

读罢随笔记之,天色近晚,夕阳淡淡,西风吹枯树,有马东篱小曲景象。

江南民间木雕

亮灯时分，去书店闲逛，这时正是晚饭时候，店中应该比较冷清，想不到还拥着许多人，然而无甚可买之书，偶见图画书的架子上有一册《江南民间木雕艺术图集》，便取下翻了一下，感到很有点意思，便将它买了回来。

这是一本二十四开小册，上海书店出版社印于一九九五年十月，编入《中国传统图案丛书》。这套丛书的其他几本都是今人绘制，虽说能供实用参考，却少有玩味。这本却不同，将那些或深或浅的木雕拓印后缩小制版，印得还算清晰，其中还有一组是原大的，那是一架作案头陈设的小屏风。

这本图集是以浙东特别是东阳木雕为依据的。关于浙东木雕的历史，我并不了解多少，只知道东晋时戴逵曾为山阴灵宝寺造像。戴逵字安道，谯国铚（今安徽宿县西）

人，后徙会稽剡县（今浙江嵊州西南）。唐人张彦远《历代名画记》卷五记道："逵既巧思，又善铸佛像及雕刻。曾造无量寿木像，高丈六，并菩萨。逵以古制朴拙，至于开敬，不足动心，乃潜坐帷中，密听众论，所听褒贬，辄加详研，积思三年，刻像乃成。迎至山阴灵宝寺，郗超观而礼之，撮香誓曰云云。既而手中香勃然烟上，极目云际。"这事在《法苑珠林》中也有记载，卷十三说："东晋会稽山阴灵宝寺木像者，征士谯国戴逵所制。逵以中古制像，略皆朴拙，至于开敬，不足动心。素有洁信，又甚巧思，方欲改斲威容，庶参真极。注虑累年，乃得成遂。东夏制像之妙，未之有如上之像也。致使道俗瞻仰，忽若亲遇。高平郗嘉宾撮香呪曰：'若使有常，将复觌圣颜；如其无常，愿会弥勒之前。'所舍之香，于手自然，芳烟直上，极目云际，馀芬徘徊，馨盈一寺，于时道俗莫不感厉。像今在越州嘉祥寺。"戴逵这个故事，在中国木雕史上具有很大意义，它的发生地恰好是在浙东。

明代之后，木雕在建筑上已得到普遍应用，包括祠堂、庙宇、楼阁、亭榭以及宅院、民居的各种装饰。自清乾隆、嘉庆以后，浙江各地较有名的建筑木雕，大都出自东阳艺人之手，如道光时的东阳艺人郭凤熙，曾作嘉兴碳石圣塘庙和萧山南明堂木雕;再如民国时的东阳艺人张春珠,曾为绍兴城内东岳殿作"关公保皇嫂""三娘教子""岳母刺字""昭君出塞"等木雕戏文故事。有些特别讲究的建筑,往往得雇用上百位艺人,费几千工之多。

浙东木雕分为圆雕、深雕、浅雕、镂雕四种,圆雕以刻佛像为主,也刻人物和动物;深雕在建筑上应用最广,如上楣、斗拱、插尾、梁锁等处;浅雕多用于门窗的堂板、锁腰、大肚板、天头等处;镂雕则大都用于挂落、窗格、栏杆、廊檐、藻井等处。清末东阳建筑木雕的名匠郭金局,为郭凤熙后人,他将木雕发展为绘画形式,如雕刻风景承袭了绘画的结构,并注重人物形态的表现,当地人将这种木雕方法称为"绘画体";又有缙云人赵陈秀,为缙云木雕的开创者,有名于时;还有葛朝祺、张开兰、厉明火等艺人,都各有擅长,被称为"雕花状元"。除建筑之外,东阳木雕广泛应用于家具杂物用品,床、椅、桌、橱、屏、柜上的各种花板、花结,以至于盆架、果桶、首饰箱等等,大都是浅雕和深雕,也有镂雕的。家具杂物用品的雕刻和建筑雕刻相辅相成,用的是同一种形式,对环境进行美化。近代温州木雕艺人潘阿明,首创用天然青田石片在红木器上嵌入人物、山水、花鸟等图案,类乎大理石片镶嵌器物,很是美观。数百年来,东阳及邻近地区，有女出嫁的家庭都得置办一套木雕家具，这一习俗辐射面很广，几乎遍及浙东各地。明清时期宁波的木雕也很发达，尤以金漆木雕、骨木镶嵌闻名于世，流风至今犹存。

至于浙东木雕的内容，也非常宽泛，有人物山水、花卉动物、博古器皿、装饰图案等，体现了当时当地的民风习俗。木雕艺人在美化建筑和器物的同时，也反映了社会和历史的观念、意识，以及它们的规范和制约，借助吉祥喜庆的各种题材，表达对美好生活的追求，由此也融入中华民族所特有的民间艺术范畴。从这些木雕的构图来看，颇似汉代画像砖石，这突出表现在对人物或动物形象的处理上，在比较规整的画面里，强调它们的动态美和装饰美，与汉画如出一辙。

本集的拓片大都是家具上的雕刻，也有少数民居建筑构件上的，如门窗上的花结、花板等，全部拓片大概有五六百幅，林林总总，蔚然可观。然而，因为是缩小后制版，且未注明原大尺寸，不能考察其规格；又因为大都是黑白单色，仅有拓印的深浅，也就难以窥得其色彩之美了。

灯下读毕，也稍得知识，于心快然。此时街灯寂寂，行人稀少，唯听到寒风掠过树枝的声音。

周黎庵的旧作

沪上周黎庵，或许年轻人知道的不多了，在二十世纪四十年代，他可是很有点名气的人。

周黎庵先生，名劭，早年以字行，又有笠堪、西华、公西华、吉力、黄岩松等笔名，晚年文章署名径作周劭，不知道的，还以为与周黎庵是两个人。他是浙江镇海人，生于一九一六年。一九三五年考入东吴大学法学院预科，负笈吴门，虽说前后只有一年，但情之所系，悠悠至今。他从小喜欢写文章，十七岁时就有发表，经常供稿给《论语》，在上海"孤岛"时期，还写过不少"鲁迅风"的杂文，与王任叔、柯灵、文载道、孔另境、风子、周木斋等人的文章一起分别收在《边鼓集》和《横眉集》里。抗战前后，他曾担任《谈风》《宇宙风》等杂志的编辑，上海沦陷后，主编过一份文史小品刊物《古今》，那是很有影响的。据周先生自己说,他早年印过六本集子,北京姜德明先生收藏了四本,至于另外两本的书名,周先生没有说,大概已很难去寻找了。

姜德明先生藏的四本,《余时书话》有一篇《〈清明集〉及其他》做了介绍。一是《清明集》,一九三九年九月由宇宙风社出版,收文六篇,都在《宇宙风》上发表过,所谈都是明末清初的事,从题目来看,似乎借题发挥,很有一点弦外之音,如《明末士子的气节及与政治和妓女的关系》《清初镇压士气的三大狱》《清初二臣的生涯》《明末浙东的对外抗争》等,这是周黎庵的第一本集子,那年他二十三岁。二是《吴钩集》,一九四〇年二月由宇宙风社出版,收文十七篇,作者自赏其中关于人物的几篇,如《关于太监》《清代文字狱——丁文彬逆词案》《文字狱的株连性》《谈杭世骏与全谢山》等,至于书名,则因为作者喜欢黄仲则的诗"对此自惭飞动意,草堂风雪看吴钩",似乎也含着少年文人的慨然意气。三是《华发集》,一九四〇年五月由蓻溪书屋出版,书名也取黄仲则的诗,"终古远山埋落日,半生华发战高秋",当然是自勉的意思,在书后的跋语里,作者感谢唐弢,说是唐弢给了他写杂文最大的鼓励,并将这本书献给这位朋友,书中收有《周作人与范爱农》《关于周作人先生的事》及《关于文字狱史》《吴梅村的"读史杂感"》等。四是《萩门集》，一九四一年四月由庸林书屋出版，集中所收大都是在东吴大学读书时的文章，因为写于苏州萩门一隅，故拈以作书名，收文近三十篇，有《论风度与人情》《〈论语〉三年》《半小时访章记》《由苏至沪杂记》《苏台怀古——札徐讦》《春天的虎丘道上》《镇扬游踪》《春来忆江南》等。

这四本都是文史随笔集，新近辽宁教育出版社印行《书趣文丛》，第三辑便有一本周黎庵的《清明集》，包括《萩门集》和《清明集》两种，周先生还为重印的旧作写了一篇小序，其中说："以抗日战争为界，《萩门集》写于战前，《清明集》写于战后初期，距今都将一甲子，在我当然是'少作'。人殆无有不悔其'少作'者。""'少作'的幼稚和浅陋是不消说得的，文风是在那时风气下着意模仿，但自问还不是流入油滑和无聊。唐人张籍的《节妇吟》和朱庆馀的《闺意献张水部》，'还君明珠双泪垂，恨不相逢未嫁时'和'妆罢低声问夫婿，画眉深浅入时无'，其实都不是讲男女私情和闺房之乐的，这是美人香草的遗意，不过我是写得很是笨拙而已。"这两种虽然说是周先生的"少作"，但如今读读，反倒觉得很有点深刻，况且这种深刻，并不像如今写家们的那种自以为玄妙，当然这得有知识，更得有见识。

附带说一句，一九八九年，我和几位朋友编一本丛刊《江南文丛》，在第一集里，就收了周先生的一篇旧文《半小时访章记》，他将章太炎晚年的风度、谈吐写得很传神，文笔也相当有趣味。丛刊由上海人民出版社出版，印了三千册，也不知周先生是否看到。

周黎庵的近著

周黎庵至二十世纪四十年代中期，突然脱离文坛，做律师去了，大概当时卖文已不足为稻粱之谋，再说他本是东吴大学法学士，也算重操本业。二十世纪五十年代，他又重返出版界，但只是编编书而已，一搁笔，四十年矣。二十世纪八十年代以来，周先生又重握管城子，撰文著书，除了在海外，便不再用周黎庵这个名字，而每每署作周劭。于是读书人都知道有一位文化老人周劭，所写皆为杂文，所谈都是旧人旧事，文章更是耐读，我供职的那家杂志，就曾连续发表他的《苏台寻梦》。

近年来，周先生将二十世纪八十年代以后的文章编集了几本书，我先后搜得三种，夜来倚枕读读，真是赏心乐事。

第一种是《清诗的春夏》，一九九一年十二月由香港中华书局和江苏古籍出版社联合出版，属金性尧先生主编的《诗词坊》丛书之一，分别在香港和上海印刷，但仅是纸张的差别，版式、内容都一样。这书名很让我喜欢，他将顺治、康熙两朝称为清诗的"春季"，将雍正、乾隆两朝称为清诗的"夏季"，本书就谈这春夏两季的诗人。从傅青主、钱牧斋、吴梅村，谈到黄仲则，谈到郑板桥，都是有代表性的诗人，其中还谈到几位女诗人，如柳如是、卞玉京、顾横波、徐湘蘋等。作者并非清诗方面的专家，谈起来倒也别开生面，有许多与众不同的想法。行文是流畅而有韵味的散文笔调，兼有历史知识的介绍，读者好像在和诗人们对谈，很可见得他们的情状和风神。至于清诗的传承和流派，也在诗人的摭谈中，让读者了然了。值得一提的是，这本书的装帧很是精美，有许多图版，或画像，或书影，或摄影，让人更直接地走进那春夏两季。

第二种是《闲话皇帝》，一九九四年二月由上海书店出版社出版。本书所谈，并非全是皇帝，准确地说，谈到过几位，大都属于人物掌故一类的文章。作者早年与冒鹤亭、瞿兑之、徐一士、谢国桢等掌故名家是忘年交，受他们熏冶良多，因而谙熟掌故笔路，故所作小品文字，或谈晚清琐事，或谈文坛人物，往往从一点生发开去，求偏求精，一鳞半爪，以微见大。老人作文，大半回忆，周先生也是如此，时常记起一些前辈或当时的一群"哥们儿"，虽说已是人往风微，但在周先生来说，是难以忘怀的，于是便略记他们的言行，以留雪泥鸿爪。其中也有一些鲜为人知的故实，如知堂的手稿《秋镫琐记》，学术界对它的真伪颇多争议，但我相信周先生的说法，因为周先生当年主编《古今》，知堂经常赐稿，对他的手迹太熟悉了，一眼望去，便可确定。关于人物的逸闻琐事，如果不是亲与往还，且交谊颇深，那是不会知道的。

第三种是《黄昏小品》，一九九五年七月由上海古籍出版社出版。本书所收芜杂，有谈人物，如孟森、施蛰存、张学良，乃至青年时期的蒋纬国；有谈饮食，如河豚、鲥鱼、四鳃鲈，乃至"烟士披里纯"；有谈宫廷人物制度，以纠正电视剧里出现的常识性错误；也有谈"三不主义"(即不戒酒、不戒烟、不运动)的养生之道。林林总总，供人饭后茶余品读，十分有味。集中有较多篇是往事回忆，可分三个部分，一是一组《失落感旧》，回忆曾经有过的名人手迹，如丰子恺的文和画、周作人的佚稿及《五十自寿诗》的诸家唱和手迹、王蘧常的百万字章草手稿等；二是一组《苏台寻梦》，回忆苏州的种种情状，如东吴大学，如苏州的寓贤、饮食、酒肆、园林等;三是旧上海的追记,城市变迁,市廛风俗,还有各色人等,仿佛是一幅幅旧影。老人的回忆,往往越遥远的事,记得越清晰。

周先生已年过八十,情怀悠然,心境开朗,于人间万象已看得很淡了,故而下笔撰文,没有什么火气,没有什么顾忌,当然更不会有什么功名利禄的想法了,因此所写也就有了另一个境界,读者也就能多多读得他那种淡然而悠然有味的文章了。

言言斋书谈

　　辽宁教育出版社的"书趣文丛"是一套相当有意思的书,我是见一本买一本。第三辑十册,几乎一半是旧文重刊,周越然的《书与回忆》便是其中之一。这是两本旧作的合集,一本是《书书书》,另一本是《六十回忆》。

　　周越然在二十世纪二三十年代的文人中,算得上是富裕者,这倒并不是遗产继承,或经商所致,却是实实在在的稿酬收入。话得从民国初年说起,当时周越然编了一本《英语模范读本》,交商务印书馆出版发行,但商务错误估计了销路,按百分之十支付版税,并答应不随印数的提高而递减版税。没有料到,《英语模范读本》一经问世,就成了全国初高中学生六年的唯一英语教科书,从一九一八年起,至二十世纪四十年代初,独占英语教科书市场二十多年,直至林语堂的《标准英语读木》由开明书店出版后,才被逐渐替代。因此,周越然成了大富翁。他在《〈模范〉小史》的最后说:"美国教育界亦知余书之畅销。纽约《独立周报》称英模编者,每年可得版税约计美金五万(!)元,其捧我未免过度,但非羡慕,亦非嫉妒也。"

正因为他的富有,便有较大财力去搜书,即使是宋版元椠,对他说来,也不会感到囊中羞涩。当年,皕宋楼藏书散出之后,舶载归于岩崎氏静嘉堂文库之前,他曾得八种,据其《皕宋残馀》自述,这八种是宋本《纂图互注南华真经》、白蘋洲征士稿本《吴兴蚕书》、明成化小字刊本《管子》、吴太初抄本《疑狱集》、影写本《所安遗集》、吴兴丁氏乌丝阑抄本《栲栳山人诗集》、陆心源抄本《三馀集》、广州海幢寺重梓本《寒山子诗集》。他买书的阔气,由此可以见得。但他藏书的兴趣主要在于词曲小说,言言斋之"言言",词曲小说也,"词"和"说"两字都以"言"为部首,故以此作为斋名。他收藏的词曲小说,不少是属于烟粉类,除去《金瓶梅》《痴婆子传》《灯草和尚传》等名贵刻本外,还有不少西文的色情著作和画册,他将安放这类书籍的藏书室,名之为"孽海",可见确乎是个"藏垢纳污"之处。平时他还喜欢写点黄色的游戏文字,在《晶报》上时有发表,都用"走火"的笔名,"走火"者,"走火入魔"之谓也。尽管他酷好此道,但在生活上却是循规蹈矩,与结发的缠足夫人相敬如宾,白头偕老。

周越然是一位喜欢写文章的藏书家,《书书书》初刊于一九四四年五月,由上海中华日报社出版,所谈大都是自己收藏的古籍旧本,也有泛谈版本和访书经验的。另一本《六十回忆》,初刊于一九四四年十二月,由上海太平书局出版,回忆自己读书、恋爱、治学、交游、编书、访书、藏书等等往事。他的文章,或是文言,或是白话,或是"雨夹雪",都写得有点意味,毕竟是见多识广,从中也可看出新旧时代交替之际知识分子的心态和生活。他还有一本《版本与书籍》,一九四五年八月由上海知行出版社出版,收书话二十六篇。当然,周越然还编译了大量的英文工具书、教科书和辅导读物,他在《编译之昧》这篇文章里有一个统计,有将近四十种。

言言斋的藏书毁于"一·二八"战火,计线装书一百六十余箱,约三千种,西书十六大橱,约五千册,其中十八、十九世纪古旧珍本一百多种。嗣后,复起收书之心,累年所得也蔚然可观。如《清内府旧钞剧本六种》、稿本《续镜花缘》等等,但比起当年的盛观,已不可同日而语了。一九四六年,周越然去世了,只有六十二岁。他死了,剩余的藏书也给子女散售殆尽了。

追记周越然

今年春天，我在《浙江日报》上写了一篇《言言斋书谈》，介绍周越然先生和他的书。不久，周先生的孙子周炳桐先生就给我打电话，给我写信，说我的文章里有几处错失，如老人的卒年，如藏书的下落等。又过了些日子，周先生另一个孙子周炳辉先生特来访谈，一杯清茶，谈得很愉快，他说了不少祖父的往事，还给我留了一点材料。他走后，我很有点感慨，周先生在民国年间算得上是位名人，编过《英语模范读本》，那个年代的学生几乎都知道这个名字，他的生死竟然不为人所知，他的藏书竟然也不知其下落。近年出版的人物辞典、地方文献上都有周越然的名字，内地和香港的报纸上也有介绍周越然的文章，但都有说错的地方，比如他的卒年便是，如陈玉堂编著的《中国近现代人物名号大辞典》，便称其卒年"约一九四六年"。正因为如此,也就引发我再写这篇追记。

先抄两则周越然的传略。

一、郑逸梅《南社丛谈》之《南社社友事略》记道:"周越然,名之彦,浙江吴兴人,一八八五年生。祖父岷帆,著《螺巢日记》。父镜芙,吴平斋为题小像,有云:'二十成进士,声闻满帝京。观政在铨曹,激扬励官箴。'可知是宦途中人。越然任职上海商务印书馆编审室,治英文。其兄由廑,主编商务《英语周刊》。越然所编的《英语模范读本》,为各校所采用,销数广大,因此所得版税之多,为从来所未有。他喜欢书,有外国书,有线装书,有外国古本,有宋元明版,有中外的绝版书,以及食色方面的秘籍,包罗万象。他榜其室为言言斋,有问他取义所在,他说:'我藏书以说部及词话为多,说与词二字的边旁,都是言,故叠二字以寓意而已。'他沪寓虹口,'一·二八'之役,被焚古本书一百七八十箱,西书十几大橱,但他却不以此而稍挫其气,广事补购,不数年又复坐拥百城,以藏书家见称于时。他藏不同版本《金瓶梅》,竟多至数十种,又藏《续镜花缘》四十回稿本,作者华琴珊,别署醉花生,斋名竹风梧月轩,外间知之者甚少。他的著作,有关于书的,有《书书书》《生命与书籍》《书与观念》。又《六十回忆》,内容有《苏人苏事》《言言斋》《我与商务印书馆》《康有为伍廷芳陈独秀》《小难不死》等篇，颇饶趣味。戴季陶曾从他学英文，有师生之谊，戴任考试院院长，曾聘请他，遭拒绝。他待人极谦恭，青年晚辈，亦尊称之为'兄'。酒量很宏，能饮黄酒五六斤，或啤酒十二瓶，抗战胜利后逝世。后人贤珉、祉民。"

二、周退密等《上海近代藏书纪事诗》记道："周越然（一八八五至一九四六），字之彦，浙江吴兴人。南社社员，曾任商务印务馆函授学社副社长，兼英文科科长，以编著《英语模范读本》闻名全国。其藏书楼曰言言斋，为一幢西式之二层楼房，以地处闸北，被毁于'一·二八'战火中，藏书亦随之化为灰烬。大量收书约在二十年代初，'八一三'之战事初起，上海多有藏书之家以书易米，周氏于街头巷尾遇有不可不保存者，辄毅然购下，如《清内府旧钞剧本六种》《鼎峙春秋》（内剧本多种，为世间孤本）、明刊《清明集》以及稿本小说、名手依丁氏八千卷楼藏本影写本等。当清末吴兴皕宋楼藏书散出之后，东渡之前，周氏得其八种，内有宋《纂图互注南华真经》、稿本《吴兴蚕书》、明初本《管子》、吴钞《疑狱集》、丁钞《栲栳山人诗集》等等。其明人写本宋岳珂《愧郯录》十五卷，为祁氏澹生堂藏书，有澹翁手跋及毛子晋、季沧苇、朱锡鬯等印记。'一·二八'战火中毁线装书一百七十八箱,西书十余大橱,嗣后复起收书之念,累年所得亦不在少数。抗战后期出任伪职,为世惋惜。殁后,藏书为子女散售而尽。著有《书书书》等著作,自述藏书经历,文字朴素,饶有趣味。"

这两则传略,大致概述了周越然的生平,但他的卒年错误依然存在,可知这个误传由来已久,影响了不少关心周越然的人。我根据周炳辉先生给我的材料,结合其他一些记载,再做以下的补充。

周越然是光绪三十年秀才,以自学而精通英文。宣统元年在苏州大太平巷的英文专修馆任教习,得到辜鸿铭的赏识;宣统三年受聘于江苏高等学堂;一九一二年起,先后在安徽高等学校和上海中国公学、商船学校等学校执教;至三十一岁时,进商务印书馆为编译。上海沦陷后,曾出席"大东亚文学者大会",但未出任伪职。一九四九年后,在上海水产学校教授语文,至一九六二年去世。周炳辉先生在《回忆祖父周越然》的文稿里写道:"一九六二年夏,祖父病逝于上海家中,终年七十八岁。遵遗命丧事从简,除讣告诸亲好友外,社会名人方面只通知当时任上海高教局局长曹未风先生, 曹先生亲来吊唁。祖父去世后,安葬在上海西郊的吉安公墓(今虹桥机场附近)。'文化大革命'中,坟墓被毁。一九七九年祖母病逝后,把祖父的遗像及他生前用过的一部分'文房四宝'与祖母骨灰合葬于苏州近郊凤凰山麓。"

　　他的著作,除《书书书》《六十回忆》《版本与书籍》外,还有一本《性知性识》,二十世纪三十年代由天马书店刊行,惜未过眼,黄俊东在《猎书小记》中有一篇介绍,这样说:"他娓娓而谈,篇章很短,但都涉及一般性的知识和有关名词的来源、历史,在文章中,他很少为某种性事做说明,却是借了文学中或医书中的故事描写而谈起一些常识和见闻来,由于三言两语,精警有趣,故颇能收寓教育于消遣的文字中之效。"言言斋藏书中有很多中外性书珍本,与马隅卿平妖堂齐名,时有"北马南周"之说。周劭在《雪夜闭门谈禁书》里说:"近代收藏这类禁书最多的,我知道有两位,长沙人叶德辉和吴兴人周越然。后者是靠编写《英语模范读本》起家致富的,是我忘年的老友;叶德辉则是清季的进士,分部主事。两人藏这类书之多,应居国内首列,我不曾到过湖南,只在今陕西北路的周越然家里阅览过他的这类藏书,真是叹为观止。"像叶德辉、马隅卿、周越然这几位,都是卓然有名的大藏家,而他们于性书的竭力罗致,也是颇有胆识的。

至于言言斋藏书的下落,周炳桐先生有一篇《对〈言言斋书谈〉的几点补充》(《浙江日报》一九九七年七月二十八日),也就是对拙文的纠误,其中写道:"关于我祖父的藏书问题。祖父早期的藏书正如文中所说,差不多全部毁于'一·二八'战火。但文中结尾时所说:'剩余的藏书也给子女散售殆尽了',这是不符事实的。'一·二八'事变后,祖父将家迁到上海租界内的西摩路(今陕西北路),由于他爱书如命,当然又继续买书,藏书又渐渐多起来,其中有不少是中外文珍本。一九五七年,祖父已年逾古稀,主动将他所珍藏的中文古籍珍本数百种通过当时的'上海市文物保管委员会'捐献给国家。另外还有一卡车(不知有多少本)外文书捐献给复旦大学。至于其他一般藏书,一直保存在陕西北路寓中,直到祖父去世后,'文化大革命'期间,我们家的人都十分担心这些'四旧'书继续留在家中会增添麻烦,嘱我全部上交当地派出所,而派出所指令我立即送往废品收购站。这就是祖父自己也料想不到的第四次'亡书'。"如此说来,则言言斋藏书的下落也就很分明了。

但姜德明先生"文化大革命"前在北京的冷摊上,曾得到周越然的旧藏,他在《言言斋谈书》里说:"奇怪的是,周越然的一些藏书到底也散了出来(他曾经宣言只收书绝不散书），而且流落到北京的旧书摊。我买到一册宣统三年刻印的《谪麟堂遗集》，封面盖有'言言斋善本图书'印。周氏把宣统年代的书也目为'善本'，没有旧时人的偏见，这是有趣的。书内扉页等处又有'周越然'名印，及'曾留吴兴周氏言言斋'的藏书印。'曾留'二字用得也好，他到底看穿书的寿命是长久的，而藏书人则无可奈何，只好超然待之了。"

有的事情，实在也很难说，言言斋部分旧藏的散出，或许是出于偶然的因素。但他曾将部分珍本捐赠上海市文物保管委员会，也是事实。一九五七年六月，该委员会在康乐酒家(今上海美术馆)大厅举办了一个"工作汇报展览会"，六月九日，周炳辉前去参观，还买回一份目录，在这份目录的第六页上，有"周越然，元明刻本，一百三十三册"的记载。

锺叔河写的《书前书后》

一九九二年十月,海南出版社印了锺叔河先生的《书前书后》,这个书名就让人喜欢,况且书里更有让人喜欢的文章,便不忍插架,放在枕边,睡前醒后读它几页,似乎是在"玩味",但如今可供如此"玩味",且又能如此悠悠久长者,也实在少得可怜。朋友见了,都非常羡慕,四处搜寻,终然渺茫不可得,因为初印仅三千五百册,真是太少了,也不知为什么不再重印。不印也好,就让那些爱书的朋友们去抱向隅之叹吧。

书前有黄裳先生一序,十分称赞作者的见识与文笔。所谓见识,是因为锺叔河作为一个不可多得的出版家,曾卓具眼光地刊行了《走向世界丛书》《凤凰丛书》以及曾国藩、周作人等人的著作,受到钱锺书、李一氓等学者的高度评价;所谓文笔,是因为锺叔河不但辑人之文,自己也著书立说,有《走向世界》《从东方到西方》《中国本身拥有力量》《周作人丰子恺儿童杂事诗图笺释》等行世,他的文章如行云流水,意随笔到,且又通达物理人情,有几分辛辣,有几分诙谐。黄裳举例说:"作者又是善于文章的。《儿童杂事诗》笺释后记结尾处只摘录周作人日记记事数则,不加论断,而'文化大革命'的气氛已跃然纸上。最后说:'日记即止于本日,距重录此编仅九日,盖即其绝笔矣。'这是很沉痛的话,却闲闲落墨,别无渲染。如果寻根溯源,这种笔路风致,可以到东坡、山谷、放翁的题跋里去找。有如人的面目表情,有的只是一微笑、一颦蹙,而传达情愫的力量却远在横眉怒目之上。"锺叔河的文字是很可供欣赏吟味的,有的虽是短章小篇,然其中滋味往往咀嚼不尽。因此每当我读罢锺叔河的文章,常常会有这样感叹,时至今日,既有如此笔墨,又具如此文体,且能把握如此火候者,实在已是不多见了。

这本《书前书后》,顾名思义,都是和书有关,汇集了作者散见于书报杂志上的零星文字,或长或短,凡六十二题,约十二万字。除几种书的序跋外,还有不少读书记,都是耐读的文字。《走向世界丛书》第一辑三十六种问世以后,似乎难再续出,锺叔河于此是颇有点感叹的,于是便有了

《走向世界以后》，介绍了九种近人的海外游历记，如王之春的《使俄草》、袁祖志的《谈瀛录》、康有为的《补德国游记》、宋育仁的《泰西各国采风记》等，其实这仅是一小部分，他曾陆续收得两百余种，除已刊三十六种外都未印出，这是至为遗憾的事，真希望哪家出版社能续出《走向世界丛书》的以后各辑，其意义是非常深远的。《儿童杂事诗图笺释》，文化艺术出版社一九九一年五月初版，集周作人的诗、丰子恺的图、锺叔河的笺释于一体，笺释不但采自周氏本人所述，并且旁及地方文献、野记杂书、故老言谈、友朋通信等，这是我所见近人著作笺释中最好的一种，本书选出笺释十则，以飨读者。至于《唐诗百家全集》，未曾见过，据锺叔河所写的《编者前言》说，这套丛书是一人一集，共计百集，且印成袖珍本，此书有《唐诗百家小叙二十则》，文字精短，介绍深入浅出，让初读唐诗了解诗人和诗意，即使专家读来，也不会认为浅近，这是大不容易做到的。

再说，这本《书前书后》用纸讲究，版式别样，印得也很精致，读了几遍，竟没有发现什么误字，想来编辑和作者都是认真校过的。如今某些出版社于校对一节，实在乏力，作者如果再不校过，"鲁鱼亥豕"是必然的事。正由于这个缘故，这本书也就成为另外意义上的精品了。

锺叔河编的《知堂谈吃》

在读到《知堂谈吃》之前，读过百花文艺出版社刊印的《雅舍谈吃》，那是梁实秋的口味，或嗜好，或风味，津津乐道，读读谈吃的文章，有时是胜过亲口品尝的。这本《知堂谈吃》则是周作人的了，文章实在可看，除饼饵瓜果的佳味之外，另有一种愉悦，另有一种享受。至于文章，也不想再去说什么了，而锺叔河先生的编辑，却颇有几句话可说。

《知堂谈吃》，中国商业出版社一九九〇年十二月初版，有副题"周作人散文和诗一百篇"，可见是个集萃的选本。编者将这一百篇分为四"分"，这"分"字的用法，见于鲁迅和周作人的集子，是分类的一种方式，即是"卷"或"辑"的意思，而意思上却平实得多，卷气不是那样浓郁。编者于每一分后，都有一个说明，版本之外，也道及一些其他。

第一分是"集内旧文"，收文十六篇，均已收入作者自编文集，自一九二五年的《雨天的书》至一九四五年的《立春以前》，从八本集子中选出，文章编次依最初发表时间先后为序，并不以所属文集排列。第二分"饭后随笔"，收文六十六篇，是作者在一九四九年十一月至一九五三年三月于上海《亦报》和《大报》上发表的短文，"饭后随笔"是作者自拟的书名，惜未曾出版，有手订目录存世，当时总共发表了六百余篇，其中谈吃的文章约占十分之一。第三分"未刊稿与集外文"，收文十一篇，系作者写于一九五六至一九六四年间，大部分只在报刊上发表过，没有编入集子。其中《再谈南北的点心》原题《南北的点心》，《绍兴酒》原题《谈酒》，《关于糯米》原题《糯米食》，因为避免与一二分中的文章重复，编者改了原来的题目。还有两篇译文，青木正儿的《中华腌菜谱》和《日本人谈中国茶肴》，编者认为"译文和自己写的文章收在一起，是知堂的惯例，今亦仍之"。第四分"诗"，收二十二首，约为五编。作者的诗，除《苦茶庵打油诗》中的四首曾收入《立春以前》外，都未曾结集刊行，编者均据手稿收入。此外，各篇文章最初发表于何时何处，题下都一一注明。这种编辑方法，非常严谨，读者的感觉也非常清晰。如今各类选集铺天盖地，或别集式的,或类编式的,五花八门,目不暇接,然而在编辑方法上,往往缺乏考虑。选家固然需要眼光,眼光之外,实在需要讲究一点编辑的逻辑和艺术。

再说说锺叔河先生的眼光,书前有一篇《编者序言》,文字极妙,也极有见地,编书的动机,并非着意于美食或由美食而引发的闲适,他说:"对照一下我们自己,如果一年到头被包袱和帽子压得驼背弯腰,什么菜肴夹到口里都味同嚼蜡,岂不太窝囊,太对不起自己这一世了吗?还是打起精神,打开炉灶,做一顿好吃的再说罢!——由此可见,谈吃也好,听谈吃也好,重要的并不在吃,而在于谈吃亦即对待现实之生活时的那种气质和风度。"而对于知堂谈吃的文章,"盖愚意亦只在从杯匕之间窥见一点前辈文人的风度和气质,而糟鱼与茵陈酒的味道实在还在其次"。这虽是知堂谈吃文章的选本,却并非介绍美食的滋味或烹饪的技法,如果想学时下美食文章,或想学点入厨经验,读了是会失望的。

最后说说此书的装帧,封面用布纹铜版纸,彩印釉碟一只、竹筷一双,碟上有火红辣椒三枚,很是别致。这辣椒不是知堂老人的口味,却实在是湘人锺叔河先生的嗜好。环衬上方钤印"知堂"名章一方,朱红的;下用枯笔草写"谈吃"两字,墨黑的,看上去很舒朗。书前还附印了作者的小影和手迹,手迹是那首有名的《五十自寿诗》,如果从《儿童杂事诗》里选一首谈吃的印上,岂不更好。

费在山三种

　　凡谈毛笔，必称湖州，湖州笔庄，必称王一品。王一品曾经有位主事人费在山，因笔而得识天下文人，且以文会友，以墨结缘，并非旧时笔工与文人的酬酢往来，因为他自己也是一位文化人，善吟咏，擅文章，好收藏，精鉴赏，懂趣味，心襟也颇博大，不纯粹去做小小书斋里的营生。他为保护桑梓古迹名胜、弘扬乡邦文化尽心尽力。据说，湖州莲花庄的题联匾额，如赵朴初、吴作人、王个簃等几位的手迹，都是他罗致而来的。这固然是他交游广泛的缘故，但也可看出他还有一点旧时名士的那种风度意态。

　　费在山，一九三三年生人，他在王一品的业绩，已记入历史。退休以后，悉心撰文，迄今已印出《杂杂集》《闲闲书》《了了篇》三种，都是属于杂札随笔一类，或人物掌故，或雅集韵迹，或故里风情，或丹青往事，正如郑逸梅先生称赞的那样，"溯往衡今，见闻博洽"，有不少人就是喜欢读读这样的文字。他记写的人物，已故的如叶圣陶、梁漱溟、丰子恺、茅盾、俞平伯、夏承焘、郭绍虞、张宗祥、高二适、苏渊雷、郑逸梅、唐云、沈迈士、沙孟海、徐迟等，健在的如冰心、启功、柯灵、施蛰存、钱仲联、黄裳、陈从周、邓云乡、冯英子，以及新加坡的风雅商人周颖南等，费先生都与之交，在记录琐碎杂事中描摹风神、记录言行、追述故实，读来亲切生动。正因为费先生曾是"笔商"，故于毛笔的历史、品类与掌故琐闻叙述颇多，有《不律杂话》《笔铺旧闻》《湖颖诗话》《名人与毛笔》等专辑，如果要研究毛笔，这些都是极好的材料。书话序跋一类也是费先生所长，如《鲁迅十记》《书林拾枝》《浮星阁藏书题跋》等，都是关于"五四"以后的书人书事，由人及书，由书及人，写得都极有意味；又因为他喜欢集藏，尤其是印谱，兼也有碑帖、诗词、书翰、日记，他都一一题跋，从中可以看出他趣味的广泛。此外，便是关于湖州胜迹、风俗、特产、人物、逸闻的琐谈，可以视作《吴兴记》或《吴兴掌故集》的余绪。

　　由费著三种，我又想到几点：一、如今自己印书的很多，敝帚自珍的情怀，能得小小满足，固然是好事，但几乎都想贴上正式出版的标签，这又何苦呢？作者却不是这样,自己设计,自己印装,这反倒成为稀有的"珍本";二、如今读这类文章,仿佛读旧画,仿佛听古琴,距离当下时尚固然远了一点,但又怎能说红牙檀板必逊于铜将军、铁绰板呢?其中自有情致,自有意味,正因为如此,也就比那些流行文章耐读得多;三、这类短文小章是可以剪贴留存,以作久读的,并不会像那些充斥了脂粉味、儿女情、山川景的所谓"散文",尽管笔下灿烂,隔日却真格黄花了。

我和费在山先生本不相识,一日从朋友处得读《了了篇》,很是喜欢,便趋笺索讨,承蒙不弃,有三册见示,一册册读将过来,便有了以上的话。

关于《老照片》

　　近得山东画报出版社印行的《老照片》第一辑，实在很让我高兴。凡老照片，抑或近百年前的，抑或二三十年前的，虽说也曾流光溢彩，虽说也曾撩人心魂，但随着时光的流失，就渐渐暗淡泛黄了，暗淡泛黄的照片，并没有失去记忆，因为它曾经真实。读老照片，那苍老的街市，那逝去的人物，那令人魂牵梦绕的岁月，那令人不堪回首的往事，会一一再现你面前，不管你是否熟悉，不管你是否有过经历，它就像是一座桥梁，让你走回过去，于是你会有所追忆，有所寻思，有所遐想，甚至会深深地叹息一声。

　　十九世纪中叶，照相技术传入中国，首先是在澳门、香港、上海、广州等开风气之先的地方出现了照相馆。以上海为例，王韬《瀛壖杂记》的蒋敦复序作于咸丰三年，是书卷六就提到照相："西人照相之法，盖即光学之一端。而亦参与化学。""法人如李阁郎、华人如罗元祐,皆在沪最先著名者。"并引孙次公《洋泾杂事诗》曰:"添毫栩栩妙传神,药物能灵影亦新。镜里蛾眉如解语,胜从壁上唤真真。"同治十一年《申报》发表海上逐臭夫《沪北竹枝词》,有曰:"传神端不藉丹青,有术能教镜照影。赢得玉人怜玉貌,争模小影挂云屏。"光绪二年编入《海上竹枝词》时加了注释:"照相乃西人术,能以药水照人全影于玻璃或纸上,神采毕肖。勾阑中人必各照一像,悬之壁间。"同年,葛元煦的《沪游杂记》出版,其中《申江杂咏百首》有《照相楼》曰:"显微摄影唤真真,较胜丹青妙入神。客为探春争购取,要凭图画访佳人。"云间逸士《洋场竹枝词》也有《拍照》曰:"无须妙笔也传神,认得青楼笑脸真。拍处管教形毕肖,相知即是镜中人。"可见当时去"影楼"照相的,大都是时髦的娼妓,她们的玉照不但悬挂于书寓堂子,还由"影楼"对外销售,成为长三么二们招徕生意的办法。如果研究近代广告史,这也是不能忽略的。至光绪十年刊印的《申江名胜图说》中,仍是"照相馆名花留影"的情景,但在同年出版的《点石斋画报》创刊号上,已有照相馆外出拍摄新奇场面的报道,那个摄影师,正是拖着辫子的中国人。可见照相技术已经开始普及,并且走向更为广阔的社会生活。然而照片的保存并不容易，早期拍摄的尤少，除去妓界"花影"外，比较多的也就只有皇家档案和人物写真，如北京大内宫殿和慈禧的几张，就是摄影史上的罕见珍品，尽管这已是光绪二十六年以后的记录了。

由于岁月无情、劫难不绝，再加上照片的收藏并未成为时尚，因此辑集印行老照片，也就不是一件容易做的事。或许是世纪末怀旧心态的驱使，人们想去找读的，不但是文字，图版似乎来得更为直观而真切，这件并不容易做的事，也就成为出版界的一个热门选题。二十世纪八十年代中期，上海印了《上海百年旧影》，杭州印了《西湖旧踪》；近年来，《帝京旧影》《故宫珍藏人物照片荟萃》《北京旧影》《南京旧影》等，也都纷纷面世，虽说书价颇昂，但趋之者若鹜，竟然有很好的销路。

这本《老照片》独辟蹊径，以图文并茂为特点，又并不囿于一时一地，天地就来得更为宽广了。在这第一辑里，就收了不少珍贵照片，有北京天安门、上海南京路的百年变迁，有民国初年妇女的穿着打扮，有老烟台的市民生活，有旧上海的娼妓情状，也有"文化大革命"中"四类分子"的遭遇。至于人物照片，自然更多，有隐居洹上作渔翁状的袁世凯，有年轻的蒋介石和陈洁如，有"悲欣交集"而圆寂的弘一法师,也有在八道湾的鲁迅、周作人与爱罗先珂等。当然寻常百姓的老照片,更让人怦然心动,因为它们留下许多平凡的真实。特别是在"文化大革命"时留下的瞬间,带着深深的时代烙痕,胸佩"宝像",手执"宝书",有过如此经历的人,对着它会做如何想呢?大概都会有很多感慨吧。纯粹的老照片,固然有它的价值,但既有照片,又有文字,站在世纪末回眸过去,对那一帧帧旧照做诠释、谈往事、发感慨、抒情愫,这方寸之间的内涵和意蕴,就显得更丰富,更耐人寻味了。这就是《老照片》有别于其他旧影读物的地方,我喜欢这样一种形式。当然作为文字,可以有各种不同的写法,但正因为缘于老照片,首先应该考虑的便是"故实"。

怀旧,并不意味着都在缅念过去的灿烂时光,有时也在寻思和探索,去体味一种美好的情愫,去感悟一种历史的氛围,去揭示被谎言掩盖了的真相。回顾过去,为的是走向未来,因此旧影读物为我所喜欢,凡印得不错的,都买下一册,故舍间也小有皮藏。记得去年,我和几位朋友在旧书店里找书,司机上楼来催,不料他随手一翻,竟然翻得一册二十世纪初德国出版的中国风土摄影集,印得真是精美,在大家的赞美下,那位司机居然也当古董似的买了下来,只花了八十元钱。至今想来,这是我失之交臂的一件憾事。

知堂书信

知堂的全集,终究没有印出,长沙锺叔河先生编选的十卷本《周作人文类编》,听说了很久,但至今也还不曾看到。尽管舍间罗致的周著林林总总,但缺本依然还很有一些,作为一个爱读知堂的人,不能不说有点抱残守缺的遗憾。日前,买得一册华夏出版社一九九四年九月印行的《知堂书信》,我想,凡对怀有这种遗憾的人来说,总是一个小小的补偿。

知堂的书信集,生前只印过一本,那就是《周作人书信》,青光书局一九三三年七月初版。知堂在书前有一篇《序信》,其中说:"此集内容大抵可分为两部分,一是书,二是信。书即是韩愈以来各文集中所录的那些东西,我说韩愈为的是要表示崇敬正宗,这种文体原是'古已有之',不过汉魏六朝的如司马迁、杨恽、陶潜等作多是情文俱至,不像后代的徒有噪音而少实意也。宋人集外别列尺牍,书之性质乃更明了,大抵书乃是古文之一种,可以收入正集者,其用处在于说大话,以铿锵典雅之文词,讲正大堂皇的道理,而尺牍乃非古文,桐城义法作古文岂用尺牍语,可以证矣。尺牍即此所谓信,原是不拟发表的私书,文章也只是寥寥数句,或通情愫,或叙事实,而片言只语中反有足以窥见性情之处,此其特色也。但此种本领也只有东坡、山谷才能完备,孙内简便已流于修饰,从这里变化下去,到秋水轩是很自然的了。”故这本书信集分前后两部分,前即是“书”,如《山中杂信》《济南道中》《苦雨》《论女裤》《乌篷船》《北沿沟通信》等;后便是“信”,有给俞平伯的三十五封,给废名的十七封,给沈启无的二十五封。知堂在《序信》里还说:“这集里所收的书共二十一篇,或者连这篇也可加在里边,那还是普通的书,我相信有些缺点都仍存在,因为预定要发表的,那便同别的发表的文章一样,写时总要矜持一点,结果是不必说而照例该说的话自然逐渐出来,于是假话公话多说一分, 即是私话真话少说一分, 其名曰书,其实却等于论了。但是,这有什么办法呢?我希望其中能够有三两篇稍微好一点,比较地少点客气,如《乌篷船》,那就很满足了。至于信这一部分,我并不以为比书更有价值,只是比书总更老实点,因为都是随便写的。"这段话说得很精辟,"书"是借这一文体写的其他,"信"则是平常的陈述和酬答,读它的只是受信人,故而属于私下的说话,也最能显出作者的性格来。知堂在《日记与尺牍》里说:"日记与尺牍是文学中特别有趣味的东西,因为比别的文章更鲜明地表现出作者的个性。""中国尺牍向来好的很多,文章与风趣多能兼具,但最佳者还应能显出主人的性格。"说的正是这个道理。

知堂去世后,香港南天书业公司在一九七一年一月印了一本《知堂书信集》,书分甲乙两编,甲编为"知堂老人晚年书信",收给鲍耀明的十二封和给曹聚仁的二十八封,乙编为"知堂老人早年书信",则是青光书局版《周作人书信》的全本。至一九七三年八月,该社又印了两本《周曹通信集》,即知堂和曹聚仁的通信,编者将这些书信进行类编,第一辑收"论辩驳斥""求援请助"两类,第二辑收"请托转达""查询答问""诉述状况""怀念感谢"四类,是特别有意思的。香港太平洋图书公司则于一九七二年五月印了《周作人晚年手札一百封》,都是给鲍耀明的,自一九六四年六月二十七日起,至一九六六年五月四日止,过了不到一年,知堂就在北京去世了。最近的一本是《周作人早年佚简笺注》,四川文艺出版社一九九二年九月初版,收周作人自一九二五年至一九三六年间给江绍原的信,共一百一十封。

可以这样说,知堂书信的刊印,在现代学者作家中是数量较多的一位。当然散佚的,或由于某种原因不能公之于世的,还有很多。这本《知堂书信》便是在上述诸集的基础上编选,也收了一些在报刊上发表但未曾入集的书信。由于《周作人书信》已难觅得,港版的几种也不易见到,编者黄开发先生的工作,就很有点意思了,虽说只是抄录和整理,但真正去做好,也大不容易。

根据知堂关于"书"和"信"的解释,这本《知堂书信》也分两部分,甲编为"书牍文",也即是"书";乙编为"尺牍",也即是"信"。"书"的部分,大都读过,而"信"的部分,让我感到非常有趣味,特别是他晚年的信,颇可看出老人的心态以及生活窘迫的状况,其间也有因答问而回忆,追述一些往事,订正一些事实,言辞之间,也可看出他对于友人和学生的态度。"信"这类文字,实在可以看作作者关于自己的一种最简洁明晰的注释。

依我看来,本书还有一点遗憾,一是删去了几篇书信,因为有对某些人的议论,忌讳了,但作为保存文献来说,这种做法是不宜的;二是这本书为排印本,港版的几本都是手迹影印,未能保留手迹,不但少了许多趣味,追究起"故实"来也就没有凭据;三是印得比较粗糙,纸质未佳,校雠不精,版式也无可称道,封面上的一只乌篷船,画得太大,也就不能去想象浙东水乡的情景了。好在书的内容有意思,即使有点误字,还是不惑的,可以顺顺地读下来。

花雨缤纷

　　黄裳先生新近印了一本不满十万字的小书《彩色的花雨》，这书名，字面灿烂，细品却让人有点黯然。花树丛中，风过处，落英缤纷，于是林黛玉便有"花谢花飞飞满天，红销香断有谁怜"的喟叹了。世间万物总有消长起落，比如京剧，鼎盛的时代已经过去，对于它的式微，爱它的人总会有点失落，有点惆怅。这本小书，就是关于京剧的，我想，这书名里也含着作者的许多感慨吧。

　　黄裳先生是个戏迷，孩提时代就走进剧场，从不懂到懂，从惊奇到赞叹，从看武戏到听唱功，其间经历了许多变化。最早写《旧戏新谈》在《文汇报》上连载，实质是借戏文故事、剧中人物来抨击时弊，可以说是杂文，后来却真正去研究戏，且参与"戏改"，写过《谈水浒戏及其他》《西厢记与白蛇传》等，至一九八四年，四川人民出版社汇集了一本

《黄裳论剧杂文》，竟然有六十万字。

　　与黄裳以往谈戏的文章不同，这本《彩色的花雨》是一则则戏文故事，并不完整，就像是单折戏，仅采录一些精彩的段落，而这些片断的组合，就好像折子戏会演，让观众欣赏到题材、风格、表演各不相同的剧目，它们异彩纷呈，各擅优长，不啻是一次丰富、美妙的盛宴。黄裳先生童年时，曾被这些戏文故事深深感动过，他常常记起这些故事，年岁愈老，记忆愈清晰，那故事，那人物，那人物活动的山川、村落、城郭、宫阙，也愈来愈鲜活灵动起来。于是便将它们一则则写下来，由生旦净丑的表演而变成纸上的文字，那笔端上凝聚着作者的情绪和遐想，似乎是远离舞台了，但更接近戏文的内核。不妨举个例子，如《捉放曹》说曹操纵马在官道上逃亡，"豫北平原冬天的傍晚，满眼黄土坡地上长着野草，几乎没有树木，只远远有一小片疏林，一轮落日挂在林梢，苍白、毫无血色，就像一个浮肿病人的脸盘。曹操在马上四望，看不到一个活物，他嘘了一口气"。寥寥几笔，将曹操当时的心情勾勒如画；末了写陈宫见曹操妄杀无辜，就留了封信走了，"曹操打开信，慢慢地读了，脸上漾出了恶意的笑。'没用的东西！'曹操喊，被自己的声音吓了一跳"。就这样收煞了，让人回味无穷。再如《杀家》开篇写渔村的静谧与安宁,姑娘们趁着连日的晴天补缀渔网,"她们一面做活,一面嬉笑说话,兴致极好地谈论渔村里新近发生的小小新闻故事。故事是永远说不完的,不知不觉,已经到了红日衔山的傍晚,陆续有人收网回家烧夜饭去了"。写得质朴自然,极有意境,所写也并非戏文所有,却与后来的故事呼应起来。作者还时时潜入人物的内心世界,形象地予以描写,"萧恩向前面望去,一片墨黑,对岸远处,闪烁着错落的稀疏灯火。他们这只小船这时正向这无边的黑暗行进。萧恩心头有一片火,多少年来,这火已几乎成了将灭的余烬,现在又重新点燃了"。这样的文章,尽管风采不同于他擅长的"杂类散文",但有韵致,有文采,也有咀嚼不尽的滋味。可以说,这本薄薄的小书,乃是黄裳文风的另一种完美展露。我想,凡喜欢黄裳文章的读者,也一定会喜欢这本专谈戏文故事的小书。

这本《彩色的花雨》由上海三联书店出版,编入《三联文库·文化随笔系列》,正文还插入高马得先生的戏曲人物画数十幅,尽管是黑白的,印得也不够清晰,但总聊胜于无。这套丛书的另外几本,如王晓明的《追问录》、董鼎山的《西边书窗》、金克木的《无文探隐》和《文化猎疑》,虽说都是薄薄的小册,但也十分可看,一些沉重的话题,都能做轻松的闲谈。

江湖

近年来,喜欢读点图文书,不仅是左图右史,宜于直观,其中还有不薄的趣味,这当然是指图文结合得比较完美的,如新近买的《江湖百业图》正续两册,就让我非常舒心地读了半天。

江湖者,含义极多,这里说的是依靠各种技艺和行帮谋生糊口的又一面人生。江湖面广,流品杂衍,行业广泛,故有"五行八作"之说,形象而又具体地称为"三十六行",或"七十二行",或"一百二十行",或"三百六十行",这当然不是统计的结果,徐珂《清稗类钞·农商类》就说:"三十六行者,种种职业也。就其分工而约计之,曰三十六行,倍之,则为七十二行;十之,则为三百六十行;皆就成数而言,俗为之一一指定分配者,罔也。"宋元人多说"一百二十行",《宣和遗事》前集记徽宗与高俅等,"无日不歌欢作乐,遂于宫中内列为市肆,令其宫女卖茶卖酒,及一百二十行经纪买卖皆全";关汉卿《金线池》第一折里杜蕊娘说:"我想这一百二十行,门门都好着衣吃饭,偏俺这一门,却是谁人制下的,忒低微也呵。"《水浒传》第三回说鲁智深到代州雁门县,"入得城来,见这市井闹热,人烟辏集,车马骈驰,一百二十行经商买卖,诸物行货都有,端的整齐"。元末汤式散曲《赠钱塘镊者》也咏道:"三万六千日有限期,一百二十行无休息。"此外,锺嗣成《录鬼簿》著录郑廷玉有传奇《一百二十行贩扬州》,可见元代文人已涉猎下层细民的职业生活题材。至明清,商品经济迅速发展,社会分工更加细密,行业种类也就大大增加,"三百六十行"的说法较为流行。《白兔记》第十五出《投军》里岳节使便说:"左右的,与我扯起招军旗,叫街坊上民庶,三百六十行做买卖的,愿投军者,旗下报名。"《拍案惊奇》卷八的入话写道:"三百六十行中人,尽有狼心狗行,狠似强盗之人在内,自不必说。"张南庄《何典》第六回也说:"三百六十行中,只有那叫花子是个无本钱生意。"其实行业之多,何止此数,行内有行,行外有行,有的分化,有的合并,既不断有新的行业产生,也不断有旧的行业消亡。据齐如山统计,二十世纪三十年代的北平就有七百三十三种行业,其中既有为社会生活不可或缺的匠作,也有从水陆所需到娱人以乐的专行。正由于市场不足,行业竞争激烈,有些匠作不得不固行护业,有的虽略近似,但各有情形,彼此隔膜,田汝成《西湖游览志馀》卷二十五就说:"乃今三百六十行,各有市语,不相通用,仓猝聆之,竟不知为何等语也。"这样一种行业秘密,即是所谓"寡门",于是也就进入江湖这个复杂的概念中去了。

将江湖行业作为系列绘画的,并不太多,至清代这个题材才稍具规模。如乾隆年间方薰画的《太平欢乐图》,共一百幅,反映了两浙的风土人情,它有各种摹本,以石印本流传最广。道光时钱廉成摹绘的《廛间之艺》,共二十一幅,都是成都下层的行业,如刊石碑的、补碗的、卖柴的、拉洋片的、磨镜的、打更的等等,反映了当时市井细民的生活,其画风略近黄瘿瓢,着墨不多,略施色彩,然而神情生动,呼之欲出。十几年前,四川人民出版社将此书重印,作硬面经折装,但每幅都配了今人写的一首五言,并附一段小注,可惜这诗和注做得很一般,如《卖果》一幅诗曰:"果子价虽贱,母贫骂儿馋。哪如今日儿,乐在幼儿园。"在这里忆苦思甜,实在不是地方。晚清引进石印技术后,绘画作为传播的新手段,配合文字,及时报道社会现实。在吴友如等编绘的《点石斋画报》中，就有不少寻常百姓劳作的记录。周慕桥《大雅楼画宝》中有三十六幅，如卖梨膏糖的、卖盆景的、挑骆驼担卖馄饨的、打铁的、箍桶的、补锅的、治跌打损伤的、耍猴戏的、扦脚的、弹棉花的、编竹帘的等等，展现了当时上海和江浙城市的社会生活场景。清末《图画日报》专栏《营业写真》则数量最多，白描了四百五十六种行业的情状。民国初年，陈师曾画的《北京风俗》，共三十四幅，有买旧货的打鼓挑子、磨刀的手艺人、卖切糕的小贩、沿街乞讨的乞婆、说书卖唱的女艺人、在茶馆外窃听的密探，以及收殓弃婴的牛车等，也相当有趣味。值得一提的是，十八世纪末中国外销画家蒲呱有一百幅水粉画，十九世纪三十年代另一位中国外销画家庭呱有三百六十幅线描画，它们的题材正是以广州为主的市井行当，外销画具有特别的意义，它对西方了解中国社会起了一定的作用。此外，二十世纪三十年代，一位国籍不明的洋人萨莫尔·维克多·康斯坦特（Samuel Victor Constant）编了一本《京都叫卖图》，图文并茂地记录了北平四季的市声，每一幅图都有一段文字的诠释，通俗流畅，幽默风趣，并将一些叫卖的具体声调用五线谱记录下来。北京书目文献出版社已将这本书重印，可惜的是，重印的《京都叫卖图》已放弃原图,用白描形式重新绘制,不能不说是擦亮古鼎的做法,也是让人遗憾的。

读读这些旧时江湖行业的图画,很让人增长见识。历史上,普通百姓的劳作,很少有人去做记录的,即使记录了,如竹枝词,如俚曲,如通俗小说、野史笔记,也只是文字,文字是很难穷尽细微的,如店铺的陈设、招幌,人物的服饰,器具的形制等等,在摄影技术发明之前,这些绘画为读者提供了最真切、最写实的社会生活图景,特别是当这一切成为久远往事的时候,它的意义就格外地丰富起来了。

正因为如此,湖北美术出版社刊印的这两册《江湖百业图》引起我很大的兴趣。

《江湖百业图》有图一百幅,每图系以一诗一文,绘画者是查加伍先生,诗文作者是蒋敬生先生。在我看来,这是一次极为完美的合作。先说图,既为行业之图,当然要画出操行业的人,不但要画出行业的特点,如陈设、招幌、器具、衣饰,更要画出历史的痕迹和风情的氛围。"这样就得要采访作记,还要大量从文字记述中查阅,查鉴一些尚存照片与图画,精研苦学,博证细审,哪怕是一物之芥微,一景之瞬见,都不能放过,不然就会失去或有损于这写实感、生活感和风情习俗感,使人看不到当时的江湖景象了"(蒋敬生《无声诗里认江湖》)。这江湖百业之图反映的时代,大概是在晚清及至民国年间,于画家来说,固然是隔膜了,但由于花了苦功,做了思考,遐想往事,追摹故实,又将这些过去了的世风人情,真实地重新表现出来;画法也并不是传统的工笔线描,运用了变形和夸张的技法,这种变形和夸张是写实的艺术发展,增强了画面的韵味,表现出各种人物不同的神情与性格。再说蒋敬生的诗文,诗是点题,文作诠释,由于作者对于传统文化有颇深的了解,对当时民风习俗更是十分稔熟,如数家珍,贴切而深刻,尤其是作者曾以创作曲艺与传奇小说擅长,故那诠释之文,以简练明白的文言出之,间带骈散,虽谈俗事,却有雅韵,读来滋味悠长。正因为如此,诗文与绘画照应而相得益彰,丹青与文采谐美而风韵别殊,称得上是珠联璧合。独有其画,仅画而已,独有其诗文,也仅诗文而已,放在一起,读画品诗赏文,就真觉得缺一不可了。

随着时代进步和经济发展,这江湖上的"三百六十行",似乎越来越少了,许多民间的风俗活动,也移风易俗,成为昔年烟景。但这些都是历史上的客观存在,农耕社会的文化积淀,也是传统文化的一部分,因此对它的了解和研究,自然是十分必要的。《江湖百业图》虽是今人所绘,今人品说,但仍不失为一种记录,可以从另一个层面了解这些已经消失了的行业生涯。

徐志摩的年谱

徐志摩生于一八九六年，如果活着的话，已是年过百岁了，可惜他死得早，在他三十六岁那年就因空难而死了。他是热情如火的人，轰轰烈烈地燃烧，大概也是一种不能久留人间的征兆。他死的那年，陈从周只是一个十三岁的孩子，也从未见过这位大诗人。但后来陈从周与徐家有了双重戚谊，徐志摩的父亲申如先生，既是陈从周夫人蒋定的舅舅，又是陈从周嫂嫂徐惠君的叔叔。不知是否这个原因，引发了陈从周对徐志摩的兴趣，但有一点可以肯定，正由于这双重戚谊，陈从周编写《徐志摩年谱》所得的材料是很靠得住的。

陈从周在《记徐志摩》中，谈到编写《徐志摩年谱》的缘起："说也奇怪，不知什么力量，鞭策了我想将来为他写一篇传记的心，开始时我在亲友中进行些了解。自从我与他的表妹蒋定结婚后(结婚证书上介绍人还是写上徐积锴)，与徐家往来更加频繁。再加积锴夫人张粹文随我学画，她婆婆张幼仪亦一起来挥挥毫，经常在他家中。再说小曼，自从志摩死后，渐渐地也只有我这个近亲去看她。我从这两个方面得到了许多第一手资料，如照片、家书、手稿等等。而最可感激的是他堂弟崇庆，他爱收藏，将徐氏家谱、信件、少年文稿、出国启文等都交给了我。志摩堂侄启端手抄的志摩哀挽录我也得到了。这样日积月累，原始资料渐多，再参以书籍报章上刊有志摩生平的材料，已非传记所能包容，于是排比成了《年谱》的初稿，这已是一九四七年的事了。"初稿的编成，主要依靠文献，有些是未曾印出的手稿，如《志摩日记》《志摩随笔》两本连史纸稿本，便是张幼仪女士提供给陈从周的。但初稿在编年上还有不够充实的地方，于是陈从周又访问了许多与志摩有关的人，如志摩中学大学的同学、大夏大学的同事董任坚，志摩中学时代的校长钱均夫，志摩的同乡张惠衣，志摩的学生赵景深，以及徐悲鸿、李彩霞等人，他们都给陈从周以切实的帮助。陈从周对初稿进行修改增补后，又请陆小曼和张惠衣看了一遍，并请张宗祥先生题写了书签，然后下厂付印。一九四九年八月，《徐志摩年谱》在上海出版，陈从周完成了一次感情冲动的壮举。这薄薄一册《徐志摩年谱》，在后来的岁月里，由于谱主的缘故，极少被人提到，但它流传到海外，成为研究徐志摩的重要资料。迄至于今，关于徐志摩，有两本书不可不读，除这本外，还有一本张放先生编的《朋友心中的徐志摩》，那是回忆文章的选辑。

这本《徐志摩年谱》当时仅印五百册，几经劫难，流存世间者极少。在上海书店的影印本出版之前，我曾在王西野先生那里见过。西野先生保存的一册，特别有意思，几乎每页上都有沈从文先生的钢笔题补，约有一万多字。那是一九七六年唐山大地震后，沈从文先生南下，在苏州住过一段时间，与西野先生是经常见面的，两人在高高的梧桐树下，移张藤椅，对坐着谈天。当时沈先生没有什么书读，便将这本《徐志摩年谱》借去，借去之后，一边读，一边就在版心四周的空白处，密密地写下了这些题补。沈从文是徐志摩的学生，受恩匪浅，并由志摩一手提携。志摩遇难后，沈从文特地从青岛赶到济南，为他料理后事。一九八一年，沈先生写了一篇《友情》，追忆那天志摩停灵在济南一座小庙里的情景："志摩穿了这么一身与平时性情爱好全然不相称的衣服，独自静悄悄躺在小庙一角，让檐前点点滴滴愁人的雨声相伴，看到这种凄清寂寞景象，在场亲友忍不住人人热泪盈眶。""志摩先生突然的死亡,深一层体验到生命的脆弱倏忽,自然使我感到分外沉重。觉得相熟不过五六年的志摩先生,对我工作的鼓励和赞赏所产生的深刻作用,再无一个别的师友能够代替。"沈先生忆及往事,不由老泪纵横。

前年我在苏州见到张兆和老人,谈起沈老题补《徐志摩年谱》的事,她并不知道,我们还谈起了徐志摩与沈从文的往事,我对她说,沈老一生感激的人中,除徐志摩和郁达夫外,还有胡适,是胡适成全了你们的姻缘。老人听了,眼睛里流露出异常的神采。

张兆和的小说及其他

　　张兆和老人,终究已是八十五岁了,但从她那双明亮的眼睛里,还可以看到她当年的风采,难怪沈从文这样说:"我行过许多地方的桥,看过许多次数的云,喝过许多种类的酒,却爱过一个正当最好年龄的人。"那年,她不满二十岁,正在上海的中国公学读书,沈从文是她的老师,几乎奋不顾身地追求她,她只得去找校长胡适,胡适十分称赞沈从文,说他是天才,是中国小说家中最有希望的,社会上有这样的天才,人人应该帮助他,并告诉她对这样的追求应该持有的态度。张兆和终于被沈从文的真情感化了,答应让这位乡下人来"喝杯甜酒吧"。就这样,他们开始了半个多世纪相濡以沫的生活。

　　一九三三年九月,沈从文和张兆和结婚后,邀请巴金去北平作客。沈从文和巴金之间的道义之交,完全达到前人所谓解衣推食的境界。巴金在府右街达子营的沈家住了两三个月,对居停主人的热情款待,充满了感激。他当时正在筹措《文学季刊》,便约张兆和写点什么,张兆和便写了,那就是短篇小说《费家的二小》,署名叔文,登在一九三四年元旦出版的《文学季刊》创刊号上,写的是一个乡下小姑娘的故事。后来,张兆和又陆续写了一些,巴金在文化生活出版社编《文学丛刊》时,就将她的小说结了一本集子,名为《湖畔》,也署名叔文,一九四一年六月桂林初版,一九四二年三月重庆又印了一版土纸本,以后再也没有印过。《湖畔》收了四个短篇,即《费家的二小》《小还的悲哀》《湖畔》《招弟和她的马》。据已故书话家梁永先生说,张兆和还有一篇小说《白日》,被沈从文编入自己的集子《如蕤集》中,见《沈从文文集》第五卷。《白日》是写一个五岁零七个月的女孩玲玲在一个长长白日里的所经所想,这样的题材,不是沈从文所关心的,虽然行文上有点相似,但细细读来,具有女性的细腻妩媚,近乎凌叔华的儿童小说。据梁永先生推断,《白日》是张兆和最早的小说,比《费家的二小》还要早些,约写于一九三三年的上半年,当时她还没有与沈从文结婚,正在青岛大学的图书馆工作。如今《湖畔》已经很难寻觅了,那篇《费家的二小》已被收入一九二七年至一九三七年《中国新文学大系》的小说二卷，读者比较容易找到，可以品味她那副清丽淡雅的笔墨。

一九四九年以后，沈从文不再写小说了，在中国历史博物馆里研究文物，研究古代服饰，张兆和自然也不会再去写什么，但离文学还不远，在《人民文学》当编辑，是一位默默无闻的编辑。新近读林斤澜的《独轮车轮》，其中有一篇提到张兆和，说她"五十年代在《人民文学》编辑部把最后一道文字关。就是已经决定发排的稿件，由她在标点、文字、语法上检点一遍。五十年代的青年作者发在《人民文学》上的习作，大都经过她的润色。但大家不大知道这么位老师"。

沈从文逝世后，张兆和编了一部《沈从文别集》，共二十册，由岳麓书社印行。张兆和在总序里说："从文生前，曾有过这样愿望，想把自己的作品好好选一下，印一套袖珍本小册子。不在于如何精美漂亮，不在于如何豪华考究，只要字迹清楚，款式朴素大方，看起来舒服。"这部书除辑印旧作外，还增加了一些其他的文字，如杂感、日记、检查、未完成的残篇，主要是书信，大部分没有发表过。另外，上海远东出版社印了一本《从文家书》(从文兆和书信选)，编入《火凤凰文库》，此书由沈虎雏编选。这本书里，有张兆和早年的日记和许多书信,率情至性,展示了一个知识女性的心路历程。承她老人家送我一册,闲着的时候,就找一段读读,那样一种情愫,真让人感慨。

叶圣陶在甪直

　　最近去了一趟甪直，这个古镇离苏州老城很近，乘汽车去，不过几十分钟。

　　甪直古称甫里，乃明清时苏州东南的一大聚落，那里不仅乔木清溪，风景入画，人文遗迹之丰富，也是其他古镇不及的。晚唐诗人陆龟蒙在那里隐居，自号甫里先生，南宋时叶茵搜辑其诗文，汇为一编，就题名《甫里集》，至今仍有陆龟蒙祠堂等遗迹。镇上的保圣寺，建于梁天监二年，相传其中罗汉塑像及塑壁出于唐代名家杨惠之之手，虽后人考定为宋塑，但仍属珍贵的艺术瑰宝，被列为第一批全国重点文物保护单位。镇上还有晚明藏书家、刻书家、戏剧家许自昌的梅花墅，锺惺写过《梅花墅记》，陈继儒写过《许秘书园记》，祁承爜写过《书许中秘梅花墅记后》，梅花墅堪称江南水园极则，无论在园林史上，还是在文化史上，都有很高的价值。晚清思想家王韬也是甫里人，在那里度过了他的少年时代。这些都是历史的陈迹故事了，晚近以来与甪直最有关系的是叶圣陶先生，他早年在甪直教过五年书，将甪直视作自己的第二故乡，他逝世后，也就埋骨于甪直。叶圣陶先生的墓地，树木青翠，飞鸟啁啾，春秋佳日，自有不少人前去凭吊。

民国初年，甪直有所吴县县立第五高等小学，在保圣寺大殿的西南面。一九一七年早春，叶圣陶应该校校长吴宾若和教员王伯祥的邀请，离开上海商务印书馆办的尚公学校，来到甪直执教，直到一九二一年夏天才离去。吴宾若、王伯祥都是他草桥中学时的同学，十分相得，因此在甪直的这段生活过得相当充实，后来他在《好友宾若君》中回忆："宾若君在甪直当高小学校校长，先后邀伯祥与我去当教员。本来是同学，犹如亲兄弟一样，复为同事，真个手足似的无分彼此，只觉各是全体的一部分，我因年轻不谙世故，当了几年教师，只感到这一途的滋味是淡的，有时甚至是苦的；但自从到甪直后，乃恍然有悟，原来这里头也颇有甜津津的味道。"

叶圣陶和他的同事首先进行了教育改革，重编国文课本，选择《史记》《战国策》中的名篇，并都附有题解、作者传略及语释，每隔两篇选文，便有叶圣陶写的一篇"文话"，来谈文章的欣赏和写作，议论缜密，文笔活泼，很受学生的喜爱。他们在校园里办了生生农场，与学生一起栽种瓜果蔬菜。在校内的四面厅办了利群书店和百览室，利群书店不但卖书籍文具，也卖酥糖、麻饼等食品；百览室不但陈列中外文学名著与《新青年》《新潮》等杂志，还办了壁报，有诗文专栏、书画专栏和英文通信专栏。这些都为过去所未有，使得学生们大大开阔了视野。叶圣陶还将《最后一课》《二渔夫》《荆轲刺秦王》改编成话剧，让学生去排演，等到演出的那天，镇上的长幼老少都来观看。一九二二年叶圣陶的短篇小说集《隔膜》由上海商务印书馆出版，顾颉刚在序中说："他在这几年里，胸中充满希望，常常很快乐地告诉我他们学校里的改革情形。他们学校里，立农场，开商店，造戏台，设博览馆，有几课不用书本，用语体文教授……几年内一步步地做去，到如今都成功了。这固是圣陶的一堂同事都有革新的倾向，所以进步如此其快，但圣陶是想象最锐敏的，他常常拿新的意见来提倡讨论，使全校感受他的影响。"

一九一九年的五四运动也波及古镇，叶圣陶回忆说："五四运动发生的时候，我任苏州甪直镇吴县第五高等小

110

学教员。上海的报纸，要第二天晚上才能看到。教师们从报纸上看到了北京和各地集会游行和罢课罢市的情形，当然很激奋，大家说应当唤起民众，于是在学校门前开了一个会。这样的事在甪直还是第一次，镇上的人来的不少。"（吴泰昌《忆"五四"，访叶老》）就在这次集会上，师生们高呼"外争国权，内惩国贼"等口号，强烈抗议北洋政府。叶圣陶还串联甪直第一、第二国民学校，于六月十一日罢课。他作为代表，撰写了《甪直高小国民学校宣言》，全文如下："溯自政象混沌，外交屈辱，爰有'五四运动'。政府横肆摧残，务拂民情，吾三校感此潮流，五中愤结。初以群众既为正当之表示，当局或有悔祸之良心，果肯改图宁非利国？顾倒行逆施，曾不少悛，吾三校忍无可忍，于六月十一日一致罢课，非特为对付日本之表示，作释放学生之要求，根本解决乃在满足民众之希望。标的既悬，誓必践之。"

　　叶圣陶在甪直的五年，正是他创作的旺盛期，小说有《春宴琐谭》《这也是一个人》《春游》《你的见解错了》《欢迎》《伊和他》《母》《低能儿》《一个朋友》《萌芽》《恐怖的夜》《苦菜》《隔膜》《阿凤》等近二十篇。当鲁迅看到《这也是一个人》后，写信给傅斯年说："《新潮》里的《雪夜》《这也是一个人》《是爱情还是苦痛》（起首有点小毛病），都是好的。上海的小说家梦里也没有想到过。这样下去，创作很有点希望。"他还根据学校发生的事，写了独幕剧《恳亲会》，后来入选《中国新文学大系·戏剧集》，洪深在导言中说："叶绍钧的《恳亲会》，我最近复读了一遍，仍然能使我感动；也许我们都受过封建的顽固的成见的冷落与打击罢——在现代的中国，我们常常得和人家打架，去贡献给他们一点好东西的！这个剧本中的几个教员，写得真是太热诚太真实了。"叶圣陶这一期间还写了不少白话诗和文学短论，并加入了新潮社和文学研究会。在角直的这段生活，给叶圣陶后来的创作以很大的影响，如《多收了三五斗》便以镇上的万盛米行为原型，《倪焕之》第一章写的那株高高挺立的银杏树，据说也是来自校园里的印象。

时隔五十五年，一九七七年五月，叶圣陶故地重游，他的学生都已年逾古稀了，纷纷来到轮船码头，欢迎他们少年时代的老师。叶圣陶仍能"望而识其貌记其名者"数人。他回到京中，悠悠往事，又记上心来，写了一首《重到角直》，诗曰："五十五年复此程，淼波卌六一轮轻。应真古塑重经眼，同学诸生尚记名。斗鸭池看残迹在，眠牛泾忆并肩行。再来再来沸盈耳，无限殷勤送别情。"真可见老人那种喜悦的神情。

一九七七年十月，老人又写了一首《题甪直保圣寺罗汉古塑展览馆》，诗曰："罗汉昔睹漏雨淋，九尊今看坐碧岑。供奉无复教宗涉，来者惟好古塑深。兼陈文物得其宜，位置树石见匠心。重来愿酬逾半纪，此日盘桓豁胸襟。"保圣寺罗汉和塑壁的修复完工，是在一九二三年，叶圣陶已离开甪直了。这次他参观了保圣寺古物陈列馆，不由追忆当年的情景："庭中列花木假山石，罗汉存九尊，或全或残缺，皆朝外，不若旧时分居大殿之两侧。旧时殿两侧高且广，塑山崖洞壑为背景，罗汉高下错落处其间。今罗汉位置亦尚高下错落，且保存其贴身之背景，然背景接合处不尽连贯，统观全部，其高与广犹不逮旧时之一壁也。"尽管如此，他还是非常感激的，因为是他草桥中学同学顾颉刚的呼吁，这些国宝才得以保护。这里还有一段少为人知的故实。一九一八年八月，顾颉刚的妻子吴徵兰病逝，他非常感伤，叶圣陶、王伯祥便邀请他去甪直散散心，以免在家里触接多悲。九月间，他就去甪直住了一星期。在甪直，顾颉刚不但看到了保圣寺的罗汉和塑壁，而且经叶圣陶、王伯祥介绍，结识了第五高小的毕业生殷履安小姐，第二年五月两人便结秦晋之好了。

十年前，编《江南文丛》的第一本《朝夕集》，宗拭兄录出一篇《陈从周〈甪直行吟图〉题跋》，计有十家，依次是吕贞白、顾颉刚、叶圣陶、俞平伯、章元善、袁行云、夏承焘、谢国桢、王西野、钱仲联，或诗或文，于甪直之往迹往事，颇多追怀。其中叶圣陶的一篇，文字最长，于当年在甪直的生活，娓娓道来，诚然是美好的回忆，其中一节写当时的业余生活：

"每日散学之后，家居本镇之教员各归其家。外来之五人则为共同生活，业务工作，业余闲遣，三餐一宿，皆聚处而不分。今姑回忆而杂记所谓业余闲遣者。夜谈多在室内，值月朗风清，则各携椅坐庭院中。晚餐时偶亦沽酒共酌，发起者做东，佐饮自必闲谈。宾若清谈娓娓，体贴人情入细。夙以善唱歌称，兴到则曼声低唱。伯祥最健谈，多说轶闻掌故。能以扬州方言唱郑板桥《渔耕樵读》道情，又能唱京戏若干出之片断，他人促之不休，则慷慨应承，引吭而歌。由今思之，二兄当时之声容犹宛在耳目间也。至于星期日或其他假日外出游散，则往往三人行，而孙董二君不与焉。吃茶于万象春，其肆虽简陋，而镇上所谓士绅者颇趋之，临河踞座，高谈阔论。饮酒于财源店，店在保圣寺山门外。财源为店主之名，其妻善治馔，鱼虾蔬菜皆可口，而索值不昂。有时至殷家听弹词，有时至某公所听昆曲。殷

114

家者镇上之大族,英文教员殷康伯亦草桥同学,其族中常邀苏州说书人之来镇弹唱者,每日下午到家说书一回,合族男女共听之。镇上人多嗜昆曲,其闲暇者集于某公所,延曲师教授拍曲,进而至于串演。尝见名曲师沈月泉教演《长生殿·小宴》唐明皇上场时所唱'天淡云闲'一曲,逐字逐句指点,目光宜如何俯仰顾盼,声情宜如何悠扬潇洒,可谓剖析入微。宾若之表兄沈伯安亦镇上绅士,于其老屋中筑小书斋,布置自出心裁,窗明几净,书画盆栽皆有雅致。我三人得暇辄往访,到则无所不谈,而伯安尤好谈美,'赏美''伤美'常挂口头。镇外四五里有张陵山,名为山而无石,灌木自生,高树无多。假日晴明,我三人偶或一往,聊寄游山之意。而各村敬神演草台戏,亦尝往观数次。归来评论所见诸角色,伯祥之兴致最高。"

以上一节,虽是叶圣陶在甪直的往事,也可见得民国初年,江南小镇上知识分子的生活情状,很容易让人想起《早春二月》的电影来,那样一种静谧安宁,正是由于地处偏僻的缘故。

叶圣陶的这篇《〈甪直行吟图〉题记》,已收入江苏教育出版社版《叶圣陶集》第七卷。

苏州书坊旧观

　　苏州文明历史之久,风物人情之美,都是众所周知的。至于书坊之盛,也由来已久。洪适《跋元微之集》说:"元白才名相埒,乐天守吴才岁馀,吴郡屡刊其文,微之留越许久,其书独阙可乎?"元稹《白氏长庆集序》则说:"至于缮写模勒,衒卖于市井,或持之以交酒茗者,处处皆是。"可见中唐时苏州就已有刻书,并且书坊买卖可以茶酒交易。王谠《唐语林》卷七记道:"僖宗入蜀,太史历本不及江东,而市有印货者,每差互朔晦,货者各征节侯,因争执,里人拘而送公。"这书坊自印历本的事,大概也包括苏州一带。五代吴越时,由于社会安定,书坊更多了,以刻卖经咒、历本、字书、诗歌为主。至宋代,雕版印刷业更其发达,吴刻与浙刻、闽刻并称于世。元末城内天心桥南的刘氏梅溪书院,是苏州历史上有名实可考的最早书坊,自元泰定元年至明洪武二十一年,陆续刻印发售了很多书籍。

明清两代是苏州书业的全盛时期,胡应麟《少室山房笔丛》卷四《经籍会通》于此有详细的记载,一是苏州为全国四大书市之一,"今海内书凡聚之地有四,燕市也,金陵也,阊阖也,临安也";二是苏州以刻书精湛著名,"凡刻之地有三,吴也,越也,闽也,蜀本宋最称善,近世甚希,燕粤秦楚今皆有刻,类自可观,而不若三方之盛。其精吴为最,其多闽为最,越皆次之;其直重吴为最,其直轻闽为最,越皆次之"。可见当时苏州刻书的质量已超过浙江和福建,而成为东南书业的中心。关于当时苏州的书坊,胡应麟也记道:"凡姑苏书肆多在阊门内外及吴县前,书多精整,然率其地梓也。"苏州历来读书风气炽盛,私人藏书也代有闻人,至明清时期,更涌现了一大批藏书家,如菉竹堂叶盛、小酉馆王世贞、脉望馆赵琦美、汲古阁毛晋、绛云楼钱谦益、述古堂钱曾、传是楼徐乾学、古欢堂吴翌凤、士礼居黄丕烈、爱日精庐张氏叔侄、铁琴铜剑楼瞿氏父子、缘督庐叶昌炽等等,都是海内闻名的大藏家,可说是连楹充栋,富夸琳琅。他们收藏的重要途径,便是书估上门兜卖或自己去书坊寻觅,所谓"访冷摊拨寒灰"也。那些书估频繁地和藏家交往,不但版本目录之学日益精通,其他见识学问也逐渐长进，也就不是寻常书估可以企及的了。这是苏州书业的一个重要特点。据记载，苏州在明代有书坊七十多家，清初有二十八家，至乾隆、嘉庆年间有三十六家，坊肆林立，估人麇集，风流韵事，至今为人津津乐道。如黄丕烈搜书向有豪气，书坊中人无不以士礼居为归宿。黄丕烈每得一书，辄题其上，追溯荒源，委曲尽情，发人雅兴，间及坊主船友，也一一著录，故在他的藏书题跋中留下了当时苏州书坊字号、主人等情况的详细记录。如《士礼居藏书题跋记》卷二记宋咸平刊本《吴志》时，就有介绍山塘萃古斋主人钱景开的一段："犹忆白堤钱听默景开萃古斋，此老素称识古，所见书多异本，故数年前常一再访之，今老且死矣，书肆又不在山塘，余足迹亦弗之及。乃其子因旧业未可废，此地又无他书肆，于春间始设此小摊。主人既未识书，伙伴亦属盲目，而异书之得，仍由萃古斋来，余故特著之以纪其事。"这位钱景开就是被洪亮吉称为"掠贩家"的典型，《北江诗话》卷三在列举各种不同类型的藏书家时说："又次则于旧家中落者，贱售其所藏，富室嗜书者，要求其善价，眼别真赝，心知古今，闽本蜀本，一不得欺，宋椠元椠，见而即识，是谓掠贩家，如吴门之钱景开、陶五柳，湖州之施汉英诸书估是也。"袁枚与钱景开也有交往，有《虎丘同钱景凯泛酒船》诸作，日记里也有"钱景开送杂书来"的记载。钱泳《履园丛话》卷二十一说："吴门称妓女曰小姐，形之笔墨，或称校书，或称录事。有吴兴书客钱景开者，尝在虎丘半塘开书铺，能诗，尤好狭邪。花街柳巷，莫不经其品题甲乙，多有赠句，三十年来编为一集，名《梦云小稿》。尝曰：'苟有馀资，必为付刻，可以纪吴中风俗之盛衰也。'袁简斋先生每至虎丘，辄邀景开为密友，命之曰'小姐班头'。"这样的书估，自然是有意思的人物。黄丕烈是钱氏两代人的主顾，尽管后人已将薪尽火灭，但也反映出书业的传承。

　　太平军战火后，苏州书业一度沉寂，叶德辉《吴门书坊之盛衰》说："吴门玄妙观前，无一旧书摊，无一书船友，俯仰古今，不胜沧桑之感矣。"唯叶昌炽《缘督庐日记》记载，当时尚有绿润堂、世经堂、来青阁、述古书肆、大成坊书坊。除叶昌炽所记外，晚清时苏州还有汇文轩、平桥书肆、东来书庄、有正书局、玛瑙经房、振新书社、文瑞楼、扫叶山房、灵芬阁、文津书林等。鸦片战争后，西方印刷技术和资本主义出版经营方式传入中国，上海逐渐成为出版中心，苏州的刻印书业虽然式微，然而要想寻觅善本，还是以苏州为多，既有诸家书坊过去刻印的秘籍，又有旧家散出的藏本，尤其是战火蔓延之时，乾嘉名人抄校稿本俯首可拾。即使是在外地搜得的好书，也贩运而来，因为苏州毕竟为文化渊薮，尤以旧学著称，主顾较能识货，也就可以卖得善价。

辛亥革命后，苏州书坊有了变化，杨寿祺在《五十年前苏州书店状况》里说："书业又有新书、老书、旧书三个名称。新书店贩卖教科书、科技书、小说杂志，以及初级外文书籍等，并兼售文具。他们与旧书店虽是同业，但彼此业务上很少往来。扫叶山房称为老书店，他们有自己本版的四书五经、医卜堪舆等书，又兼售各省局版及私家藏版古书。招牌上写的是'发兑各省局刻家藏经史子集'，他们是不收旧书的。旧书店'发兑经史子集收卖旧书'，一种小店只写'收卖旧书'，他们收到旧书后，随便出售，不问顾客同业，一律待遇。他们大都将新收的书临时开价，有的同业要买，就居为奇货，信口开价了。"这是坐商，还有行商，也是古已有之的。由于苏州乃水乡泽国，城乡往来，唯有舟楫交通，如吴江同里的书估梅舜年便常年雇一只画舫，一边行船，一边经营，以收卖旧书为主，也兼营古玩字画，夜来不用寻找旅栈，泊舟为家，可以说是书业中别开生面的。

抗战以前，苏州书市有三个中心，自察院场至饮马桥的护龙街上多旧书坊，自察院场至玄妙观的观前街上多新书店，自玄妙观折入牛角浜则都为冷摊小铺。据江澄波《苏州古旧书业简史》介绍，当时苏州有觉民书社、来青阁春记书店、欣赏斋、有文书店、适存庐、大成书店、百双楼书店、含光阁书肆、文庐书店、渊雅斋、艺芸阁、集古山房、国学书社、学海书林、大华书店、存古斋书店、琳琅阁、松石斋、百城书店、百城耀记书店、博古斋书肆、苏州书林、温知书店、求智书店、瀚海书店、徽汉阁、琴川书店、文宝斋、敬古斋、和记书店、养庐书店、文友书店等三十余家，以文学山房最为有名。文学山房创设于光绪二十五年，先在护龙街嘉余坊口，后移大井巷北首，面阔三间，又有后楼，缥帙盈室，精椠秘籍，触目皆是，堪称东南旧籍名铺。主人江杏溪及子江静澜都谙熟版本之学，不但经营旧籍，还用木活字排印《江氏聚珍版丛书》，共四集二十八种，又得《心矩斋丛书》和《望炊楼丛书》书板，重印销售，在学术界和藏书界都很有影响。当时南北藏家都来此访书，张元济、孙毓修、叶景葵、傅增湘、朱希祖、顾颉刚、郑振铎、阿英、谢国桢等常常光顾，至于苏州的学者名流如李根源、张一麐、陈衍、邓邦述、金天羽、吴梅、沈祖绵、顾麟士、赵诒琛、王德森、王睿、汪东、潘圣一及潘承厚、潘承弼兄弟,更以文学山房为雅集之处。江杏溪应付谦谨,善于交际,凡有三四名家来店,常邀至富仁坊口的朱大官酒店小酌,虽说是弄堂里的简陋小肆,但菜肴精核可口,价又极廉,促膝谈心,交流心得,探讨宋元椠刻、校抄源流,则另是一种书缘。

那时在苏州访书,实在是一种愉快。阿英在一九三八年写的《苏州书市》里回忆,他经常为访书,专程从上海到苏州,先在阊门外找一家旅馆住下,便"雇车进城,至察院场。于是,始文学山房,依次而松石斋、存古斋、来青阁、适存庐、觉民书店、艺芸阁、宝古斋、灵芬阁、集成·勤益·琳琅阁、振古斋、欣赏斋,一路访书,直达饮马桥";再至玄妙观,"即作至观内摊头之访问,由此折入牛角浜,旋复回至庙后,雇车入牛东大街,访来晋阁老店,再折入大华路大华书店,并其主人家小休。然后则往间邱坊巷看书,最后乃巡回玄妙观前之新书肆"。晚饭后,"至略略闲走,即回旅店。灯下翻阅所得,其佳者一气读之,读尽则酣然入梦"。"每次往苏,居留时期无定,有当日返,有隔日返,亦有三日或再由此他往者,要看是否等待已接洽或在接洽之中之书籍决定,盖书有时非即所有出自故家,须经书商往返接洽,自己且须极有耐性等待也。如此,遂又有时不得不挟一卷书,到汪裕泰楼上,唤精茗而品之读之,以等书商之携好消息来矣"。在苏州访书,大概需要有这样一种闲情逸致。

抗战胜利后,苏州的书市自然无复往时的盛况。一九四六年秋,有苦竹斋主者来苏,他在《书林谈屑》里记道:"吴门坊肆,十之八九集中于护龙街,除文学山房、来青阁及求智书店之外,尚有松石斋张氏、瀚海书店吴氏、觉民书社陈氏等数家,规模狭小,门庭冷落,奄奄一息,已在存没之间。惟余曾从瀚海破纸中获孙毓修氏手稿《涵芬楼读书录》三册及明嘉靖刻白棉纸印胡可泉《拟崖翁古乐府》二卷,两书均颇有价值,后者尤属罕见。玄妙观内有文庐书庄及新新、新生、大公、新民等书店,非经营新书文具,即形同冷摊,毫无生气。观前则高楼敞肆,百货纷陈,更无旧书业立足之馀地矣。"这是一位旧学者的趣味,但苏州终究还是一个旧书集散之地,精椠名抄固然越来越少,但未被过去藏家重视的印本或残本却还很多,访书的情味依然是很浓郁的。黄裳在《访书》里回忆,一九四八年秋,他和叶圣陶、郑振铎、吴辰伯到苏州旅游,夜来酒后便去护龙街访书,"书店都早已上了门板,西谛就擂鼓似的敲门,终于敲开了。书店的主人是认识他的,就热诚招待。记得店里刚收得许博明家的一大批藏书,善本不少,特别是整整一架地方志,几乎都是康熙以前的清初刻本,西谛大声连赞'好书'"。"那以后,我就时常到苏州来,每次总要有半天到一天的时间花费在书店里。当时护龙街与玄妙观,真是书的海。不只是书店,连马路两边也摆着摊,连地上也都是的。相熟以后,还会被书店主人邀请到楼上看他所藏的'秘本'、残书。这在我都是最大的乐趣。如果将所见、所闻、所得记下来,我看是不会输于我的同乡先辈李南涧的《琉璃厂访书记》的"。

时过境迁,苏州的旧书业如今几乎不存,说起过去的事,真仿佛说梦一般。

还是不能遗忘

　　不久前，在苏州望星桥附近的一家旧书店里随便翻翻，不期发现一本书，是昭和十九年，即一九四五年，东京印的《第六回文部省美术展览会原色画帖》，也就是日本第六届全国美展的一本彩印图目，就当时的印刷条件，实在也是非常好了，在白净的道林纸上精印了这些参展作品，十分清晰，甚至还能若干地反映出原作的韵味，于是便买了回来。夜来翻读，心里却不能平静，让我想得很多。

　　日本第六回文部省美术展览会是在一九四四年举办的。一九四四年，日军在马里亚纳群岛和菲律宾海战中，被美军痛击，败绩惨重；美军重型轰炸机从塞班岛基地起飞，开始空袭日本本土和九州岛；在日本国内，人民的反战情绪高涨，东京、横滨、神户等地都发生反政府骚动。但日本军国主义并不甘心于他们的失败，在华□军发动了

125

"一号作战"计划，变本加厉地将战线前锋向纵深推进，夺取了平汉(南段)、粤汉、湘桂三条铁路干线，占领了郑州、洛阳、长沙、衡阳、零陵、桂林、柳州、南宁等大小一百四十多个城市和七个空军基地，打通了中国大陆的交通线。

画家的思想观念，不会脱离时代，一个画展就折射了这个时代。战时日本的社会心态，也就蕴含在这本图目里。这个画展，虽然不可能有正面反映日本人民反战的作品，但很有一些渴望安宁、祈祷和平的题材，然而宣扬武士道精神、备战和支援前线的内容，实在占了相当大的比例。特别引起我注意的，一幅是江崎孝坪的《出发》，画的是列队敬礼的日本空军，腰间佩着手枪，正准备奔赴前线。"出发"，他们是向哪里出发？是菲律宾，还是中国大陆？又一幅是矢泽弦月的《华北的秋》，画的是中国北方村庄，一片瓦屋组成了一个曲折而富有层次的画面，墙上刷了许多标语，"我们要建设华北，完成大东亚战争""肃正思想""我们要确保农业""干，击灭英美"等，而在这一片瓦屋之上，便是一个高高耸立的碉堡。还有一幅与苏州有关，便是三宅克巳由写生而完成的《苏州城》，那是苏州盘门城外的一处景致，并不宽阔的河道上，有一座石拱桥，河边静静地停泊着一艘木船，还有随风摇曳的绿树，远处是一脉城垣，雉堞间高耸的便是悬挂着"龙蟠水陆"匾额的城楼了。这是一幅静谧的风景画,但谁也不会忘记,一九三八年元旦,北京女师大校长杨荫榆女士就在这里,被日本士兵从桥上推落河中,并开枪打死。想到这里,这静谧风景里吹拂的清风,似乎也有一阵血腥气。

历史是不应该遗忘的,我想起冯英子先生的一段话,他在《吴宫花草·前记》里说:"苏州沦陷的前一天,我还在苏州,观前街上和景德路上的大火,在我心中烧了几十年还没有熄灭,我也知道,倘不消灭日本军国主义,中国人民讨还公道,这两堆火在我心中是永远不会熄灭的。"日本军国主义的战争罪行,被历史记录,也应当被全世界爱好和平的人们所牢记,尽管流年似水,时代变迁,这些事还是不能遗忘的。

毛边书谈琐

陈学勇君称我为当今"毛边党"之一,实在让我感到有点惭愧,这样一个落伍的头衔,真有点不合时宜了。如今出版物的装帧日益精美,讲求齐整,讲求手感,这毛边书有什么好,不但看上去粗头乱服,并且要读的话,还得用刀一一裁开,作为大众的精神消费品,既不能方便大众的阅读,又不能美化大众的书房,书橱明净的玻璃后面,有几本这样毛氄氄的书,当然远不及一排精装书来得入眼,再说书页的天地固然宽广了,但如今会有几个读书人在上面做眉批、札记。正由于这个缘故,毛边并不适宜所有的书籍,也并不适宜所有的读者。

比如伟人著作,毛边似乎便有点大不敬;又如今人小说,读它的人一目十行,哪能边读边裁,真不堪其烦累;再如古人画册,似乎也不能毛边,买它的人不能翻动,数百元的定价,毕竟不是一个小数。在我想来,只有耐读的小书,最适宜毛边,特别是读得兴味盎然的时候,又要用刀裁一帖,有一个小小的停顿,好像说书人卖的关子,"欲知后事如何,且听下回分解",将你的胃口吊得高高的。还有裁纸,最好用竹子或红木做成的刀,一刀裁去,纸边并不光洁,略有一点毛茸茸,仿佛素面朝天的女子,比起画眉抹粉后的样子,更有一种自然朴素之美。尤其那裁纸的过程,眼里看着,手里动着,还有那咝咝的声音,你仿佛就与书融合在一起了,似乎只有在你的劳作下,这本书才有了它的意义。边裁边读,能得一种愉快,读过后插在架上,因为与其他书不同,也就醒目惹眼,显示出一种参差不齐之美。然而喜欢毛边书的人,总不会太多,即使当年毛边书风行的时候,最销行的,也还是切得光整齐平的书,鲁迅先生也不过只留下几十本甚至十本而已。喜欢毛边书的人,大都富有读书的情趣,他们对书有一种独特的感情和理解,他们或许也爱藏书,但绝不以书装的精美作取舍,更不会用一间华屋放满红木的书橱,每只书橱里都放满精装的书,作为以壮观瞻、以示渊博的装饰,他们的书房都很简陋,也很零乱,他们读书的时候,更是随随便便,大概一边悠悠地抽烟,或细细地品啜着紫砂壶里的清茶。

民国年间的毛边书，一是本来不多，时间久了也就更少；二是因为日渐稀少，它的价值也就随之高昂。我之与毛边书，只是喜欢，并没有嗜痂之癖，我相信书与人是有缘分的，因此从来不曾去悉心搜罗。我记起四年前的一件往事，那是一个暮春的午后，照例又逛古旧书店，承书店经理的好意，给我留下了一批民国印本，这批书似乎未经整理，灰头土面的，不知是书店的存货，还是哪家散出的旧藏，翻过之后，鼻孔痒痒，两手黑黑，但心头真是大喜过望，挑了一大堆，说好第二天付款拿书，第二天早早去了，发现那一堆书已少了一二十册，也不想问其究竟，急急捆扎而归。回家后点检，共一百五十余册，初版本竟占一半，毛边本有三十余册，如鲁迅的《彷徨》、周作人的《雨天的书》《泽泻集》、郁达夫的《寒灰集》《过去集》《奇零集》《敝帚集》等等，像许钦文的《鼻涕阿二》、绿漪的《棘心》、鲁迅译厨川白村的《苦闷的象征》、夏丏尊译田山花袋的《绵被》几册，仿佛新书，似乎没有一点岁月沧桑的痕迹，李青崖译莫泊桑的《蝇子姑娘》，有两册，一册竟然还未曾裁开，此外，像任何的小说集《一支溃灭的队伍》(一九四六年六月中国文化投资公司初版)、罗西(欧阳山)的长篇小说《你去吧》(光华书局一九二八年十月初版)，都是极为少见的。这样一批书，花费也实在不多，平均每册不到十元，即按当时行情，也算是卖贱了，心里不由说了一声"惭愧"。这样一种机缘，在我访书经历中是从未有过的，想来以后也不大会有了。

由毛边书又想起精装书，在我小小的庋藏里，也有一些民国印的精装书。一套一九三八年鲁迅先生纪念委员会编纂、鲁迅全集出版社出版的《鲁迅全集》，蓝色的布封与银色的字迹已非常暗淡，有的布封已经破损，真十分老态了；一本周作人的《药味集》，一九四二年北平新民印书馆的初版本，书封与内芯已完全脱开，书脊上袒露出夹衬的纱布，好像战场上负了重伤的老兵；还有十来本良友图书印刷公司的《良友文学丛书》，书面微裂，凹凸的书名，须仔细辨认，当年那种光彩照人的风韵，也不知到哪里去了。如此品相的精装，真不及平装，更不及毛边。毛边书本来就落拓不羁，几十年过去了，它只略略显得有点老成，昔日让人引发幽幽佳趣的韵致，并未随时光而消逝。

这些年来，也陆续收到一些毛边的新书，如南京徐雁便寄下《秋禾书话》《雍庐书话》，成都龚明德便先后寄下《凌叔华文存》《余时书话》《前辈先生》《文坛登龙术》《红楼梦宝藏》等，北京杨良志先给我寄来一套精装六卷本《鲁迅回忆录》，后来知道我喜欢毛边书，又寄来一套编号毛边本。毛边本制作，拿鲁迅的话来说，即"三面任其本然，不施切削"，而在叠纸时都当"地齐天毛"，并将封面"贴地"。这些毛边新书里，姜德明《余时书话》那一册却是"天齐地毛"，封面"近天"，成为毛边书的错本，当然更值得珍视了。有时我想，再过几十年，这些数量甚少的毛边书，也将成为集藏的珍品。

世界图书出版的走向，固然是日趋精美，印装技术的进步，印刷材料的丰富，直接影响着图书的质量。但像我这样的人，受传统影响还比较深，因此在图书装帧新旧交替的时候，难免会有一点怀旧，喜爱毛边书，实际也是一种怀旧的情绪。

蒙学读本

许多外地来的朋友都这样说,苏州特价书多。我是书店的常客,也就不时能买到一点便宜货。新近买得的是几册蒙学读本,像浙江古籍出版社印的《蒙学要览》、岳麓书社印的《传统蒙学书集成》等,我是不想研究文化史、教育史,只是知道自己根底浅,这些书本应该孩提时读的,却不曾全都读得,买来也就是为了补补课。步入中年,旧时也可以做阿爹了,再读读这些孩子读的书,实在觉得很有意思。

蒙学书也就是陆放翁所说的"村书",十月农闲,村童入学冬读,读的就是《三字经》《百家姓》《千字文》《千家诗》之类。清人调侃村童冬读,便有"一阵乌鸦噪晚风,诸生齐逞好喉咙。赵钱孙李周吴郑,天地玄黄宇宙洪"诸句,不但情景如绘,也可见得这些蒙学书的风行和普及。

读读这些蒙书，不由随便瞎想起来。第一，这些读本并不是三家村冬烘塾师写的讲义，它们的作者或改写者都是当时的高级知识分子，像李斯的《仓颉篇》、史游的《急就章》、虞世南的《兔园册》、王应麟的《三字经》，真以大学问做小事情。如今名家学者，担纲主编的都是精深浩瀚的宏著，规模越大，似乎学问越好，学术地位也就越高，让他们像王国维那样辑校《仓颉篇》，像章太炎那样去重订《三字经》，一定认为奇耻大辱，无疑是让国际胸外科专家去割农夫的痔疮。第二，因为它们确实是浅近的，无非识识字，知道一点常识，今人也就瞧它不起，故不能销动而特价了。我想，有些人是应该买一本读读的，例如会说"我乔迁了""改日我光临你家"之类话的人，或者会写"许多编辑都愿意为我效犬马之劳"之类序文的人，读读这些蒙书，一定会有点好处，至少不会让人家哭笑不得了。

"文化大革命"后期"评法批儒"，我还在读中学，发下几种供批判的材料，其中就有《三字经》和《神童诗》，老师讲解极好，学生听得大有兴趣，老师说《三字经》要像课文那样背诵，才能"彻底批判"，于是就直记到今天。这本"芝麻通鉴""袖里纲目"，真是很受用。

杨宪益《零墨新笺》

　　杨宪益先生的《零墨新笺》，上海中华书局一九四七年十一月初版，编入《新中华丛书·学术研究汇刊》，无序跋，收文二十三篇。七八年前，我在苏州古旧书店买得，仅花费两元，可谓便宜至极。杨先生在一九四九年还另编一集《零墨续笺》，自费印刷一百册，分赠友好，既印数寥寥，又历经劫难，想来天壤间也所存无几了。

　　一九八三年，三联书店将《零墨新笺》和《零墨续笺》两种合刊，题名《译余偶拾》，杨先生写了一篇序，回忆三十多年前写这两本书的往事："我开始写这类笔记是在抗日战争期间。当时寄居重庆北碚，在国立编译馆作英译《资治通鉴》工作，同卢冀野、杨荫浏、杨仲子等朋友来往很熟；在他们几位的鼓励下，写过一些文史考证文章，寄给上海的《新中华》杂志上发表；在一九四七年把其中的二十几篇编成一个集子，卢冀野兄给它起了一个名字，叫作《零墨新笺》，编入'新中华丛书'，只发行了一版。后来在解放战争期间，又陆续写过一些笔记。一九四九年南京解放后，又把这些后写的稿子编成一集，自己出钱印了一百本，起名叫《零墨续笺》，分送一些朋友。后来就再没有这种闲情去写这些东西了。去年有些朋友认为这些考证，虽是我青年时期不成熟的读书笔记，也许还有些参考价值，要我再编一下，重新付印，因为原来的《零墨新笺》和《续笺》，今天已很难找到了。"因《零墨新笺》已全本收入《译余偶拾》，我保存的那一册，就只有一点版本上的意思了。

《零墨新笺》收的都是文史考证文章，不少是作文化比较而得来的，如唐代的柘枝舞，据舞曲内容和舞人服饰，考证为云南西部舞曲，最初是妇女春季采柘桑时的民间舞蹈；如唐人孙颀《幻异记》记板桥三娘子故事，源出希腊的《奥德修记》和罗马阿蒲流的《变形记》，当由大食商人传来，故板桥又是当时海舶财货所聚之处；再如唐人段成式《酉阳杂俎》记录一则欧洲著名的灰姑娘的故事，可见最迟在公元九世纪由南海传入中国，今存法文故事集说她穿的鞋是毛制的，而英文故事集系由法文转译，误译为玻璃鞋，然而《酉阳杂俎》虽说她"蹑金履"，但又说"其轻如毛，履石无声"，反倒接近法文的原本。这些都是颇有趣味的学术话题，读了让人拓宽视野，得到一点知识。

杨宪益先生一九一五年生人，是安徽泗县人，曾在英国牛津大学研读古希腊古罗马文学、中古法国文学和英国文学，回国后执教于重庆中央大学、重庆中央戏剧学院、南京中央大学。一九四九年后，先后在外文出版社和中国社会科学院外国文学研究所从事翻译和研究工作，并任《中国文学》主编。他译有《荷马史诗》《奥德修记》《罗兰之歌》《萧伯纳选集》《维吉尔牧歌》等，还将中国古典名著译成英文，介绍给世界各地的读者，如《诗经选》《楚辞选》《史记选》《儒林外史》《红楼梦》《聊斋选》《老残游记》《鲁迅选集》等。他的这本《零墨新笺》，实在是他主业之外的"偶拾"。

鸽哨

畅安老人王世襄，年轻时好玩，养虫豢鸽，牵狗放鹰，也绘画写字，于家具、漆器、竹刻、书画、雕塑、饮食等等，也有浓郁的兴趣，老来大有成绩，编著迭出。这些不被正经学问家注意的物事，经他这么一弄，变得大有意思起来，也就成了难以企及的学问。况且他的文字极其可读，充满情趣，黄裳便说他的《秋虫六忆》是"近来少见的一篇出色的散文，值得再读三读而不厌的名篇"。他的书，寒舍架上已插了不少，像《髹饰录解说》《蟋蟀谱集成》《中国葫芦》《锦灰堆》等等，趁着闲暇翻翻，真是愉快的事。

王世襄先生从小喜欢鸽子，为了飞放助兴，也就收罗起鸽哨来，还访老求学，悉心研究，至古稀之年写了一本《北京鸽哨》。这本书三联书店印于十年前，受到读者欢迎，不数月即告售罄，我托人去找，也没有找到。今年元旦那天，不期在蓝色书店发现辽宁教育出版社新印的中英文双语本，薄薄精装一册，实在让我喜溢心田。

鸽哨是佩系鸽翎上的小器，以竹管、苇节、葫芦等为材料，质地轻巧，一点不影响鸽子飞行。经主人配音后，放飞鸽子，就能听到悦耳的声音，那声音随着它们飞行的速度而变化，引人入胜。鸽哨起源何时，今已无可稽考，文字记载始见于北宋，张先《满江红·初春》词有曰："晴鸽试铃风力软，雏莺弄舌春寒薄。"梅尧臣《野鸽》诗有曰："谁借风铃响，朝夕声不休。"据《宋史·夏国传》记载，庆历元年与西夏作战时，任福和桑怿追击夏军，夏军以鸽哨作为合围的信号，"怿为先锋，见道傍置数银泥合，封袭谨密，中有动跃声，疑莫敢发，福至发之，乃悬哨家鸽百馀，自合中起，盘飞军上，于是夏兵四合"。至南宋更常见了，许纶《次韵宣甫约元宵入城不至》有曰："儿童戏放拚风鸽，老子惟看趈水鸢。"朱翌更有《听鸽铃》诗曰："蓬蒿门巷久张罗，岂有笼坊重客过。天外鸽铃惊午枕，儿童误起听长呵。"范成大晚年居苏，作《自晨至午，起居饮食，皆以墙外人物之声为节，戏书四绝》，其中一首曰："巷南敲板报残更，街北弹丝行诵经。已被两人惊梦断，谁家风鸽斗鸣铃。"《西湖老人繁胜录》《武林旧事》将"鹁鸽铃"列入"诸市行"或"小经纪"，可见已有专人从事鸽哨的生产和贩卖了。至元代，又有一个鸽哨的历史掌故，顺帝至正二十五年刺杀孛罗帖木儿，徐乾学在《资治通鉴后编》卷一百八十二记道："帝时居窟室，约曰事捷，则放鸽铃。于是鸽铃起，帝始出自窟室，令民间尽杀其部党。"

关于北京鸽哨，文献记载略晚，光绪时富察敦崇在《燕京岁时记》中说："凡放鸽之时，必以竹哨缀于尾上，谓之壶卢，又谓之哨子。壶卢有大小之分，哨子有三联、五联、十三星、十一眼、双筒、截口、众星捧月之别。盘旋之际，响彻云霄，五音皆备，真可以悦耳陶情。"这本《北京鸽哨》则就它的历史、品种、佩系与配音方法、制哨名家、制哨材料等做一个全面的叙述，并附录了王熙咸《鸽哨话旧》，于照《都门豢鸽记》中的一章《系鸽之铃》等。这样一件微小的民间工艺品，竟然能写出一本书来，大概也只有王世襄先生能做到了。他在前言里有这样一段话，实在会引起读者悠远的遐想：

"在北京，不论是风和日丽的春天，阵雨初霁的盛夏，碧空如洗的清秋，天寒欲雪的冬日，都可以听到从空中传来央央琅琅之音。它时宏时细，忽远忽近，亦低亦昂，倏疾倏徐，悠扬回荡，恍若钧天妙乐，使人心旷神怡。它是北京的情趣,不知多少次把人们从梦中唤醒,不知多少次把人们的目光引向遥空, 又不知多少次给大人和儿童带来喜悦。"

学者的杂写

　　如今丛书多，一套动辄十本，甚至更多，其实未必本本可读，另外，你以为可看的，别人不屑一顾，大概买书人都有点求全责备的心态，一本不买，索性其他都不买。我却有点不同，凡丛书只是挑着买自己喜欢的，并不想凑成全套。如湖南文艺出版社的《书海浮槎文丛》，共十六本，张中行先生曾送我一本《读书学文碎语》，其他就只买了施蛰存先生的《卖糖书话》和傅璇琮先生的《濡沫集》。施先生窗开四面，著作等身，谈唐代诗文人物的已有不少，但这本稍稍显杂，便有阅读的兴趣；至于傅先生，除了唐宋人物资料、索引等专著外，杂类的文章选集似乎就这一本，也就更有点意思了。

　　傅先生北大毕业，留校任教，不幸补划右派，贬至商务印书馆做编辑，后又调中华书局。古籍编辑赶不得时髦，被人讥嘲为"饾饤之学"，况且风云变幻，世态炎凉，没有良好的心态，看不透，想不开，恐怕就十分难过了。傅先生是在书中排遣寂寞、分解忧愁的。他在《热中求冷》这篇文章里记述了两件事，一是刚到商务，下班后便搬张藤椅到廊下，面对院中的牡丹、月季，就着斜阳余晖读李莼客的《越缦堂日记》，大有陶渊明"时还读我书"的意趣，"差一点忘了自己罪人的身份"；二是"文化大革命"时下放咸宁"五七"干校，晚上在煤油灯下看书，"遥望窗外，月光下的远山平湖，仿佛看到这屈子行吟的故土总有一些先行者上下求索而悲苦憔悴的影子。这时心也就渐渐平静下来，埋首于眼前友人从远地寄来的旧书中"。从这前后两件事，可看出他读书心态的变化。他的读书体会也有变化，大学时读朱自清《经典常谈》，感到太概括太平淡，三十年后重读，恰似乎从未读过，颇有"真乃不可及也"之感。这就是知识的准备和社会的阅历。这本集子不但有读书、编辑生活的记录，还有不少记人的篇什，如齐燕铭、叶圣陶、吕叔湘、启功等，这些前辈的风仪学识，具体表现在古籍整理上，特别让人敬佩。齐燕铭时任全国古籍整理出版规划小组组长，力主出版王国维著作，并提出了具体意见，至今四十年过去了，不得不说是远见卓识。

我和傅先生素昧平生，二十世纪八十年代初他主持编印《学林漫录》丛刊，我写了两篇文章寄去，居然承蒙青睐，他大概不会想到我是大学刚毕业的"初生牛犊"吧。

《偶然集》的版本

锺叔河先生是我尊敬的一位前辈，他不但是很好的出版家，还是文章家，他的写，笔致老辣，意蕴厚重，见解深刻，在如今的写家中，称得上是凤毛麟角了。我喜欢读他的书，如《走向世界》《从东方到西方》《周作人丰子恺儿童杂事诗图笺释》等，《书前书后》是他送我的，还有一本香港中华书局印的《中国本身拥有力量》，则他自己也没有了，后来我竟在苏州古旧书店看到，便买了数十本，分赠爱读锺先生文章的朋友。

去年岁末，他寄来一本《偶然集》，这个书名在国家图书目录上是没有的，它的原名是《文艺湘军百家文库·散文方阵·锺叔河卷》，照锺先生的脾气，他自然不会喜欢这个书名，便将所得样书的书装换去，在前勒口上印了一段话："作者本怯于'投军'，插在'方阵'中有点怕跟不上队，

145

于是把留着送人的几本书换成这个封面。取名'偶然',是因为写写文章本出偶然;恰好最末一篇的题目也是《偶然》,所以便叫它《偶然集》。"后勒口上则是一个勘误表,也印了一句话:"本书因作者未能终校,留有下列错误,乞改正并恕罪。"换上的书装,颇为雅静,封面上锺先生自书"偶然集"三字,压在一页手迹上,封底则是一小幅木刻,上面是一盏煤油灯,一本翻开的书。锺先生在信上说:"从版本上讲倒还有意思。"这个版本确乎很有意思,并不仅仅在于作者亲手的劳作,从中也可看到出版业的一点倾向。如今做书也要讲究排场,单本要厚,丛书要多,书装要硬,码洋要高,编委阵容要强,主编资格要老,似乎唯有这样,才能将书做好,才能得什么奖,甚至组织大军,集团作战。这固然有它适应客观存在的一面,但忘了书最重要的对象,即广大读者。就以湘版丛书为例,锺先生主持岳麓书社时编的《走向世界丛书》和《凤凰丛书》,朱正先生在主持湖南人民出版社时编的《骆驼丛书》,几乎本本可看,并且为保存文化、惠泽学人做出了贡献。如今的书越出越多,寻找出版的空白,不是人人能做到的,但书还是要出,这就难免泥沙俱下,即使锺先生"从军"的"散文方阵",想来也并非个个英勇善战,但怯于"作战"而勇于"投军"的,大概

146

还是有的。

夜来胡思乱想之余,又不由自嘲起来,这似乎是古庙枯僧关心莱温斯基的新情人,还是读读这本《偶然集》吧。

叶圣陶早年日记

　　读日记，自有一种趣味，近来读的便是叶圣陶的早年日记。话得从一九四六年说起，那年二月九日，叶圣陶全家从四川回到上海，稍稍安顿后，至善兄弟几个便回苏州滚绣坊青石弄旧居看看。那四间瓦屋于一九三五年十月建成，叶圣陶就举家迁回苏州，只住了两年，一九三七年中秋节后全家便匆匆离去了。一晃八年过去，旧居的情况怎样呢，至善他们带来了消息，叶圣陶在九月二十四的日记里记道："房屋尚完好，略有破损，小修可了。器物书籍损失二分之一以上，择其可用者，交由小轮船运来。"就是这一次，至善他们发现了父亲的日记，至善在《七十年前的日记》里回忆："那对又高又宽的书橱也还在，可是里边空空如也。我们早听人说，父亲的藏书都上了玄妙观里的旧书摊，有人在那儿买到过作者送给我父亲的签名本。弟弟总不死心,把角角落落都找遍了,出乎意料,在壁橱的底层找到了父亲的一摞日记,线装本,大小近乎大三十二开本的书,只是稍长些,每本封面上都题着'圣陶日记'四个大字,右上角标明第几册,数了数,一共二十二本,依次摞着,一本也不缺。翻开第一册第一页,知道父亲是过了十六周岁生日的第二天开始写的,无疑是他最早的日记了。留在屋子里的东西,还有什么比这一摞日记更可宝贵的呢?我们用包袱包好了,郑重其事地带回上海,告诉父亲的头一件事,就是我们找到了他在年轻时候写的这二十二本日记。"

自一九八七年起,江苏教育出版社陆续出版《叶圣陶集》,至一九九四年,第十九卷印出,便节录了这部日记,依旧题名《圣陶日记》。

日记起写于宣统二年十月初一日(一九一〇年十一月二日),止于一九一六年五月十四日,也就是辛亥革命的前一年至袁世凯推行帝制失败之后,在民国史上这是颇为重要的时期。就作者来说,这五年半里,先是草桥中学学生,后来当小学教员,几乎未曾离开过苏州,故而读来就感到特别有意思。

那时中学生课余的空闲很多,过得丰富多彩,最特别的便是经常去茶馆吃茶,叶圣陶他们去的,有雅聚、云露阁、明月楼、三万昌、吴苑、凤翔春、桂芳阁等处,都在观前一带,距草桥中学不远,吃茶当然是闲谈,畅谈革命是一个主要的话题,另一个原因,当时茶馆有报贩租报,借此可了解瞬息变幻的时局,不妨节录宣统三年九月的日记数段:初六日,"乃同颉刚至雅聚啜茗而更阅报";初八日,"即同笙亚、中新至雅聚啜茗。急租报纸阅之,知镇江确已得手";初九日,"膳事毕至雅聚,则笙亚、中新、心存已先在,既而慰宣、令时皆至,阅报纸,则知安庆确已得手,惟镇江、杭州皆未确也";十二日,"至雅聚啜茗阅报,知安庆之信已确,而济南、保定等处亦有起事之说";十七日,"膳毕同笙亚、企巩、中新至雅聚啜茗阅报,则知北京、南京、镇江、江阴、常州皆已克复";二十日,"遂同颉刚及伯祥至观前雅聚啜茗,阅报纸,知南京尚未克复,江防营兵正在劫掠屠戮,日来派兵往剿矣,而广东、四川、云南等处确已克复"。在这字里行间,正表现出一个热血青年对时事的关心,充满着对社会变革的热切渴望。

日记里还写出了当时苏州市民的骚动、恐慌、镇静、喜悦种种心态,以及学生提灯会、沪上艺人演国民爱国新剧、操练野战、程德全宣布独立、学团荷枪巡夜等等情形,从另一角度真实记录了辛亥革命前后的苏州。

最让我关心的，自然是当时苏州的社会情状，还有就是那时的文物胜迹。由于时代变迁，许多风物景象早已湮没，叶圣陶在日记里留下了一些记录，借此回望将近一个世纪前的苏州，也是很有意思的事。

植园在文庙之西，东大街之东，为清末开辟的公共园林。叶圣陶常去那里游玩，他记道："遂至植园薄游，只桃花多种盛开，他花悉无之见。新搭藤棚围廊，他日枝繁叶盛，夏雨初过，夕照将收，于此徘徊小立，亦足大涤暑气。既于竹所之石栏小坐，乃迟迟归校。"又记道："既而至植园，则寂寂佳树，阒无人影。落阳斜照，红彻半天；一溪碧水，溶漾无言。桥头小立，顿有世外之想，而忘却还在大风云之世界矣。农品陈列所已曾竣工，式仿西国，有四层之阁，弥壮丽也。将来陈列完备，当得一观其内部矣。瞻观少时，小憩竹所，竹影深碧，掩映阶前，有无限之幽意焉。"光复后又重游，记道："偕游植园，自光复后第一日开放也。异花佳树盛似去年，士女如云，宛然盛世光景，若辈殆若只解欢娱不解愁者耳。桥栏偶俯，皱着一流碧水，抚时感己，怅然以叹。游览既倦，茗于莲西舫，红莲已绽，碧叶正妍，清香时送，意自为远。令守者调藕粉食之，真有汙椑西

151

子湖风味矣。"其中故实,可为苏州近代园林史补缺。

王废基即今体育场和大公园一带,距草桥中学极近,叶圣陶称为"最可爱之王废基",日记里屡有记载,四时所见不同,或"漫天阴霾,老树含烟,弥望苍茫,吟蛰声出墓侧,尤倍觉可怜也";或"细草如茵,绿杨垂幕,日光斜照之中乃见此活泼泼地之四同学舒其轻捷之四肢,作此雅游";或"几池蛙鸣,自成佳奏,漫天云影,恍睹奇峰;笳声动而转静,花气幽以弥香,盖人绝妙诗景矣。惜我笔秃,无足以咏之";或"高柳送风,暮云咽日,顷之热焰万丈已无剩余一缕,爽快极矣";夜间散步至此,景色又有不同,"则空明一片,远树含烟,四围柳立,几点灯明。俯仰此身,诚微乎其微,而心脾则弥爽"。昔日城中土山杂树池塘之处,早已无可寻觅了。

三清殿后的弥罗宝阁,为玄妙观内最高建筑,叶圣陶在日记中曾几处提及,记道:"复徘徊三清殿之后,看一抹夕阳犹留弥罗宝阁之角,然旋即无有矣。"又记道:"既而偕至观里,登弥罗宝阁之最上层。观夫手持香、口念佛、膝双屈、首频动之辈,则心滋为之慈,盖悲其无常识,无使用自力之能力,无尊重自己之观念,而徒在此徘徊祈祷,不知其所求果为何事何物也。"可见当时弥罗宝阁香火之盛。

一九一二年八月二十八日夜,弥罗宝阁毁于大火,叶圣陶在日记里记道:"入夜,红光烛天,人声喧沓,开门而望之,在余家西北面。继而锣声四应矣。后知烧去者为观内弥罗宝阁。此阁年代甚古,工程至钜且精。偌大建筑物付之一炬,殊可惜。"这段日记为《叶圣陶集》的《圣陶日记》未录,乃从别本补入。

植园、王废基和弥罗宝阁,早就湮没了,甚至连遗迹也一点无存,确乎是非常久远的烟景了。

后记

　　应徐福伟先生之嘱，拾掇旧作，编一小集。选定篇目后，就逐篇校订、修饰了一遍，虽然篇幅不多，竟然也费了好几天工夫。自己写的文字，过后看看总有不满意的地方，一旦有重刊的机会，就会有改动的心思。在我看来，自为不足而悔其少作，也是正常的事，未必一定是学与年进的缘故。

　　有俗话说，"生米已煮成熟饭"，意思是事情既已如此，很难去改变了。事实并不如此，虽说是熟饭，有内生外熟的，有非烂即焦的，就不大好吃了，但总有办法改变一下。苏州人喜欢吃咸泡饭，不但将饭给泡了，还放点青菜，切点盐肉，撮点开洋，加点荤汤，将它煮成一锅，目的则只有一个，就是让人能吃下去，至于可口与否，那就要看厨下的本领了。咸泡饭而外，也可以做成蛋炒饭、姑熟炒饭、扬州炒饭,但绝对是做不出鱼翅海参来的。我想,这也是对旧作的一种态度,虽然题材格局变不出花样,然而稍稍改过,那也是必要的。

这几天来,我就在厨房里忙乎,将这不满意的熟饭改得稍微可口一点。共得三十篇,题名《夜航船上》,意思已见题记,恕不赘言。

二〇一六年九月二十日